U0556249

巧花

孙华炳 著

中国书籍出版社
China Book Press

图书在版编目（CIP）数据

巧花/孙华炳著.— 北京：中国书籍出版社，2019.10

ISBN 978-7-5068-7487-8

Ⅰ.①巧… Ⅱ.①孙… Ⅲ.①小说集—中国—当代 Ⅳ.① I247

中国版本图书馆 CIP 数据核字（2019）第 234294 号

巧 花

孙华炳 著

图书策划	成晓春　崔付建
责任编辑	尹　浩
责任印制	孙马飞　马　芝
出版发行	中国书籍出版社
地　　址	北京市丰台区三路居路 97 号（邮编：100073）
电　　话	（010）52257143（总编室）　（010）52257140（发行部）
电子邮箱	eo@chinabp.com.cn
经　　销	全国新华书店
印　　刷	三河市华东印刷有限公司
开　　本	650 毫米 ×940 毫米　1/16
字　　数	165 千字
印　　张	14
版　　次	2019 年 10 月第 1 版　2020 年 1 月第 1 次印刷
书　　号	ISBN 978-7-5068-7487-8
定　　价	58.00 元

版权所有　翻印必究

目录

大潮 /001

巧花 /079

风雨交加 /122

刑警笔记 /178

巧 花

大潮

在城市地皮紧缺，联产承包的农民为每一垄土地争执不下的今天，我国东部的海岸上，却沉睡着数百万亩的荒地，这地方总称黄海滩。这是一片新生的处女地。

五千年前，新石器时期的海岸线是在如今的洪泽湖边，由此向东约四百华里，当时都是海底世界。长江和黄河每年从上游带来几十亿吨泥沙，海流和海潮又将这些泥沙均匀地散布在八百里海岸线上，不断地沉淀、堆积，形成新的陆地。准确地说，整个苏北平原都是黄土高原的馈赠。

至一千六百多年前的东晋时期，海岸已延展到如今的阜宁、盐城、东台一线。由于北方战争不断，人民陆续南迁，逐渐开发了这一带沿海大片荒地。在台风海潮的不断侵袭下，顽强地生存下来。从公元八世纪到十四世纪，建成北起阜宁，南至启东吕四的八百里长堤，因始于北宋范仲淹首建，总称"范公堤"。

十九世纪末，"洋务运动"兴起，第二次进军海涂的鼓角又震醒了范公堤外的土地。清末状元，著名实业家张謇在"振兴实业"的口号下，废灶兴垦，率先在海滩上办起了通海垦牧公司。嗣后，大批官僚、富商亦蜂拥而至，先后办起四十多家垦殖、垦牧公司。但因经营不善或天灾人祸，大都亏损，负债累累难以支撑。后陆续宣告破产。喧嚣一时的海滩又逐渐转向沉寂。

一

双墩集，在范公堤东二十华里。

相传明朝时，朝廷在海滩上设官盐场，押送流放的犯人到这里煮盐。官府发动民伕在滩上筑了两个大土墩：一曰烟墩，一曰潮墩。潮墩是救命的。风暴大潮到来时，盐工渔民都可以上去避难；烟墩则相当于烽火台，起瞭望哨的作用，有驻军。一旦发现倭寇从海上入侵，立即燃烟报警。

现时双墩早已湮没了。双墩的旧址也早已成为百里闻名的集镇。

双墩没有渔港，这里离海还有很远。但却是从北面的洋口港与南面的朱家港进县城的必经之路。县里来的二道贩子清早都在这里守候。头道鱼贩子多半是本地人。每天中午以后，他们都成帮结伙地骑着脚踏车，动身前往渔港采货。后架的两侧各有一只长可及地的大筐篓。这里到渔港还有四五十里路，赶到那里，约莫是下午三四点钟光景。先到小饭店里就着新鲜鱼虾喝两盅，闲扯一阵。等到渔船进了港，渔村妇女们从船上抬下一筐筐海货，鱼贩子们这时

巧　花

便酒气醺醺地上前去谈生意。有的是论堆买，那多半是小杂鱼虾，买下来再分拣。大鱼如黄花、鲳鳊、马鲛鱼、墨鱼和梭子蟹之类是须得另行论价的。因为是老主顾，价格好说。等分拣完毕，一层层地放进鱼篓码实了，天也完全黑了。这才又三五结伙地往回赶。回家睡一觉再去赶早市。

眼下是早晨七点左右，鱼市上人逐渐稀少，已接近尾声了。还有几个二道贩子正在大声地讨价还价，力图用最低的价格"清扫战场"。

这时从南面走来一位二十八九岁的年轻人，他衣襟敞着，边走边东张西望，并不时地跟熟人打招呼。人们都称他"季大夫"。

这位"大夫"原不是给人治病的，他叫季松年，是一名兽医。虽是兽医不如人医，但人家也是中技毕业的呢。众人为了尊重起见，一视同仁地称他为大夫，并没有戏谑的意思。尽管前不久有一次因为他的失职，造成前赵大队一头难产的牛死亡，使得他的名声受了一点小小的影响，但鱼贩子们并没有对他另眼相看，却依旧一致认为他是个有本事的家伙。以前，他三天两头跑到镇上的缝纫厂去跟那里的姑娘们说笑，几次一跑，居然把那位最漂亮也最文静的崔秀姑娘钓上了。你能说他没本事么？他体魄健壮，相貌伟岸，能喝酒，能吃肉，会说粗话也会干活。鱼贩子们就佩服这种人。

晨风微拂，一条街上都飘着鱼腥味。

"季大夫"一直走到北街尽头，也没有找到他要找的人。正在那里张望，听见有人叫他。回脸看时却是一个满脸雀斑的大孩子。脸熟却叫不上名字。

"你找陶大哥？"那孩子抱着膝盖坐在摊前，地下放着一堆死蟹，半铅桶条虾，还有十多条比目鱼，看上去已不大新鲜了，怕是昨天剩下来的。

"见到他了？"季松年想起这孩子是常跟陶永军搭伙跑朱家港的。那孩子用脚尖踢踢那堆梭子蟹："这不是他的！叫我给看着哪。"

"他人呢？"季松年见那孩子朝南面一挤眼，心里就明白了。

陶永军是他的小学同学。上完小学就在家务农，后来参了军，复员后分配到县城一家工厂当工人。因跟领导犯冲，一怒之下回到乡下干起鱼贩子的营生。自我吹嘘："工农兵学商"样样干过。是个能吃苦会享福，一根肠子穿两头的角色。前不久，季松年听他母亲说，永军最近跟街南的一个卖粉条的女人搞上了，迷得很。提起那女人，季松年是知道的。她的丈夫是淮南煤矿的井下工，每年回来探家一两次。她在家就有点守不住，勾搭过好几个男人。长得有几分姿色，比永军还大两岁。两个孩子整日邋里邋遢，她自己却收整得油光水滑，看上去倒真不像有两个孩子的人。季松年曾劝说他的朋友不要再跟那女人来往，"咱好端端的童男子，干吗不找个好端端的黄花闺女，要跟那种女人来往？你要说找不到，我给你想办法，不过你得先断了。"

陶永军总是沉着脸，一言不发。说多了，便冲他："我的事不要人管！"

"可她是破鞋！"

"放你娘的狗屁！！"

那一次陶永军真动火了，他两眼像要冒血，拳头攥得紧紧的，差一点就要扑上来。季松年只好缄口不语。看样子，这可怜的家伙还真爱上那女人了。

不知不觉地，他已来到街南。远远地看见那女人门口竹床上铺

巧　花

着粉条和粉皮。两个孩子在竹床旁边分食一只山芋。大的是女孩，也不过八九岁，黄而稀少的头发散乱着。地下卧着一条懒狗。

季松年在门口站定了，扯开喉咙喊了一声。周围的人都回头看他。再喊一声，门开了，陶永军低着头从里面钻出来。他个头不矮，皮肤黑得像混血儿，凸嘴吊眉，身材健美。

"什么事？"

季松年瞥见那女的在里面闪了个面，又缩回去。

"我想跟你商量件事。"季松年有点想笑，这是他第一次"冲窝子"。

"你等一下。"陶永军转身又进了屋。好一阵也不出来。季松年等得不耐烦，在外面大声咳嗽。他这才提着一只破铅桶出来。看样子，是送鱼来的。

走出几步，陶永军站住了："哪去？"

"到我那去坐坐。"

"什么事？"

"放心，不会给你介绍对象。"季松年抱着膀子默默地走了一段，"不过，我还是劝你别陷得太深，头脑清楚一点，玩得差不多，适可而止。这女人……"

"少来这一套行不行！"陶永军又一次被激怒了，"崔秀是不是女人？"

"你混——"季松年像被马蜂蜇了一下。这小子，竟敢作这种无赖的比较，那破鞋怎能跟崔秀相提并论？可他按捺住了。

在季松年心目中，崔秀是圣洁的贞女，是一块璞中美玉。她不像其他姑娘们那样疯疯傻傻，也不像她堂兄崔吉成那样"进步"，至今连个团员都不是。她几乎整天都坐在自己的位子上踩缝纫机，别人哄,别人闹,她耳听、眼瞄,手脚却从来不停。嘴角带着微微笑意。在这些姑娘中间,她或许不算最漂亮,长圆脸,单眼皮,皮肤微黑,但显得细腻;鼻梁挺直,嘴唇丰润,有点观世音那样的神态,侧面看去尤为动人。他至今不能完全地窥透她的内心。即使眼下,他们似乎可以算是半明半暗地谈起恋爱了,她也仍还是那样守身如玉,若即若离。季松年稍有亲近的表示,她立即起身离去,所以,他至今也没敢碰她一碰。那女人,怎能和她相提并论。

"不谈这个,一谈就吵。犯不着为这伤了咱们弟兄和气。"季松年用肩膀轻轻撞了鱼贩子一下,他们又继续往前走。那一位还有点气呼呼的。

二

兽医站设在南街尽头的一座水泥桥边,后面是水泵房。桥下这条河是斗龙河的支流。斗龙河在雨水大的季节,是条天然的泄洪河道,但在旱季,也会发生海水倒灌,俗称"卤灾"。新中国成立后,在筑堤的同时,建造了一座横跨斗龙河的大闸,就叫斗龙闸。

小时候,每到夏天,一群光腚的男孩们几乎天天都要在斗龙河里浸泡几小时,扎猛子、打水仗、狗刨式……有时竟能让他们捉到条大鱼——水下捉鱼可真是本事!兴奋地抱着鱼往家跑,连裤子也不要了。有一次,永军的"小麻雀"被鱼鳍刺破了,发了好几天烧。这些,他们现在都记得很清楚。

眼下正是阳春三月天,桥下碧水荡漾。河边的荠菜花开过了,苜蓿头和青芹正长得茂盛;田野里,麦子还未秀穗,油菜花一片金黄……这边是从前的棉垦区,季松年的祖父曾经在这片土地上开

巧 花

发、经营。如今，已是万顷良田。

他的祖父叫季修文，是从前这一带颇有名气的裕丰公司副总经理。季松年没见过祖父，只看过他的照片——因年代久远，照片已经发黄了。这是一位微胖的中年人，梳着鳖盖般的分头，西装领带，面带微笑。据父亲说，在照片上的那个年代里，家中是相当阔绰的。高楼大院，侍仆成群。平时家里送往迎来的都是政界、商界的要人；偶尔也有穿军服，跨洋刀的起起武夫。这些人一来，祖父总是长揖相迎，客客气气地相送。大实业家张謇也曾几次光临，每次都与祖父长谈到深夜。然后，祖父亲自陪送他回县衙歇息。

裕丰公司是当时经营得较好的几家垦殖公司之一，最后也不可避免的破产了。民国十八年一次海啸，海潮冲决围垦海堤，淹没了公司的棉田，死亡三千余人，裕丰从此宣告破产。公司垮台之日，也是副总经理寿终之时，他用一根丝带将自己吊死在寝室的窗户上。每逢清明，父母都要从县里来上坟。

兽医站是座青砖平房，格式和一般农舍没有什么两样。季松年住东边那间屋，西屋是另一位兽医老韩住的。他家就在附近，平常早晚要忙责任田，不住这里。院子的角落里卧着一条病牛，眼泪汪汪，目光无神，嘴角缓慢地咀嚼着。

进了屋，季松年从桌上的烟盒里取一支烟递给陶永军。屋里陈设也简单，一看就知道是单身汉的住房，床底下歪七倒八地放着几个空酒瓶。

陶永军带着一身鱼腥味，坐在床沿上抽烟："到底什么事？说出来不就完了！"

季松年却不急不忙，重新点燃煤油炉，炖上水壶，然后坐到陶永军对面，将他端详了一会才开口道："你这买卖准备干多久？"

陶永军愕然："问这干吗？"

"现在有桩买卖，不知道你愿不愿干。"

"买卖？什么买卖？"鱼贩子的眼里放光了。

"你知道前天乡里开了个会么？"

"什么会？不知道。"

"三干会。曹银海在会上传达了市里海涂会议的精神。现在从中央到地方，对开发沿海资源都看重的很。这次上面拨给咱们县两百万开发性贷款，提倡集体和个人承包垦区土地，十五年二十年不征收农业税。"

"噢，真有这事？"陶永军的确没听说。

"我想承包。我要么不干，要干就来狠的。三百亩！"

"你喝酒了？还是说笑话？"

"大清早，谁跟你说笑话？"

陶永军皱起了眉头："那鬼不生蛋的盐碱滩，你得多少年才能改造成好田？"

"前不久，我到下柏去了一趟，改土试验站一个叫贺平的土专家教我一个'水、草、萍、绿综合治理'的新法，三五年内就能把土壤的盐分降下去。"

"吃了灯草，说得轻巧，这三五年还短吗？"陶永军仍然不感兴趣。

"听说过大米草吗？"

陶永军点点头，又摇摇头。

"这大米草是南大的一位教授从美国引进的，可以长在潮间带，也可以长在盐分重的海滩上，它根系发达，能大量吸收土壤里的盐分……"

巧　花

"不是也还得三五年吗？"陶永军吐出烟雾，斜目而视。

季松年叹一口气："我说你这脑子真不开窍。大米草可以做牲畜饲料，我先种草，再养牛、养羊、养兔、养鹅，不行吗？"

陶永军似有所悟。

季松年继续开导："重要的是土地，有了土地就有了发展事业的基础。不是三亩、三十亩，而是三百亩！你想过没有？三百亩土地上能干多少事情？我可以挖鱼塘，可以种树，可以办加工厂，可以盖楼房，建成一座农、副、工综合经营的现代化农庄！"季松年说得起劲，站起来挥动手臂，眉飞色舞，"算一笔最简单的账给你听：暂且那些都不打算。种粮食是最不赚钱的，对不？现在有种日本引进的矮脚稻，不需要插秧，直接播种，管理也简单，一亩六百斤不成问题。再种一季麦，这也不费事。往低处打算，每年每亩地可以收入一百元。那么三百亩地，一年可以收入多少呢？"

"三万？"陶永军吃惊地张大了嘴。

"这是最少的。如果投资大一点，挖几块鱼塘，那笔账，你就自己去算罢。"

烟蒂烧到手指了，陶永军急忙甩掉。他已经不知不觉地动了心。

"怎么样？伙计，跟我一块干吧？承包土地以我们两人的名义，开发费用，以我个人名义申请贷款。你有钱，可以入股，我们合资经营。你有力气，可以干活，也可以搞单项承包。"他知道陶永军已经积攒了将近五千块钱。

鱼贩子咧开嘴笑了："你想得倒不错！打这鬼主意呀！让我把钱掏出来，再给你打长工？你当财主？"

"呔，你也是股东嘛，我也得干活嘛！"季松年摊开两手，说得明明白白。

陶永军收敛笑容，沉吟不语了。

说实话，鱼贩子生涯虽然收入可观，但风里来雨里去，寒冬腊月，三伏暑天，那罪却不是人受的。这都不说了。有赚钱的时候也有折本的时候，二道贩子们经常合伙起来跟他们"糙蛋"，尤其是在那热天里，他们把鱼价压得低得不能再低，还不满足。有几次，他们串好了"休息"，头道贩子们守着鱼等到天亮也没人来买。结果一次就损失近五十元。去年一个夏天，像这样的损失不下三百块。这是一件既吃苦又冒风险的勾当。从这一层上想，倒不如跟季松年一块去搞开发。

可是，接着他就想到了孔玉芬——那个女人。自从跟她好上之后，他为她也没少花钱。后来，她劝他节省一点，该作长久打算。她说等那"死人"下次回来探家，就提出跟他离婚，另起炉灶，重建一个温暖的小家庭。他确是真心实意爱她的，爱得发了狂。那女人有一种特殊的媚人的挑逗力，煽动起小伙子无休无止的情欲。以至于使他无论何时何地，只要一想到她，心里就是一阵麻痒。躺在她的怀里，抚摸她温腴的肉体，这是人生的最高境界，他总是这样认为的。他舍不得丢下。

不错，他佩服季松年，自小就佩服。这小子聪明，心眼灵活，胆子也大。在许多方面，陶永军自愧弗如，读书也读不过他。自己到现在几个字还写得歪歪扭扭。可是，要他立即介入季松年的宏伟计划，他委实一时拿不定主意。再说，开发荒滩，谈何容易！白水荡的情形，陶永军也不是不知道，成功的可能到底有多大尚且难说，把这些年的辛苦钱全部押上去，那未免太冒险了。陶永军可不是傻瓜。

巧 花

季松年在屋里走来走去，他看陶永军嘬着嘴，皱着眉苦思冥想的样子，便知道他不太愿意。果然，他伸了个懒腰站起来：

"松年，不是兄弟不仗义，就怕那事不容易。我也不是块料子，你还是另请高明吧。"季松年淡淡一笑，"要说容易当然谈不上，真是块肥肉就轮不到你我了。大丈夫处世，要有点精神，宁可一败涂地，也别这么黏乎乎地混一辈子！另外，我倒真替你想过，像你眼下这样过日子，最多再干五年。五年以后，非垮不可！"

陶永军一惊，这一针刺中了他的穴位。

陶永军是条精强力壮的汉子，他的鱼篓做得比别人都肥大。经常人家一趟贩一百五十斤，他却贩两百斤。跑起夜路更是来劲。从港口到双墩是条新建的柏油路，光洁平整。骑起来一阵风似地，前面的伙伴都被他纷纷超过，远远地甩在后面。可是现在，他经常感到体亏力乏，精神显然不如从前了。

"永军，我倒不一定想图你那点投资。但我希望你能跟我一块干。荒滩上旷得慌，有个朋友商量商量也是好的。"季松年说得很诚恳，也动情，"不瞒你说，崔吉成倒是想去，可我心里总不大愿意，不过是看在崔秀的面上不好拒绝罢了。"

"什么？崔吉成那小子也去？"鱼贩子瞪大眼睛。

"我跟崔秀商量过，他一听说就来找我，带一千块钱投资入伙。"

崔吉成是崔秀的堂哥，公社团委副书记。前不久因为在文蛤产卵期带领"青年突击队"下滩捕蛤，违反了"海洋资源保护条例"，被人反映到县水产局。县里责成乡党委严肃处理，结果得了个记过处分，取消了预备党员资格。一直有点灰溜溜的。季松年对那人没有多少好感。跟崔秀好上之后，两人才接触过几次。崔吉成在叔父面前倒是替松年说好话的。

"崔秀呢？支持你不？"陶永军露出很关心的样子。

"我说，你是条男子汉，看女人的脸色办事可不行呐。"季松年一语双关。

陶永军踌躇不决了，使劲挠着刺猬般的头发。有一刻像要离开，走到门口又转回来："这事，过两天再说吧，我再考虑考虑。"

三

乡长曹银海有点小小的寂寞感。

那天，他在"三干"会上传达了上级的精神，当时会场上人声嗡嗡，好一会安静不下来。可是事过之后，却没有一个人站出来要求承包。就像飞机从头顶飞过，谁都要抬头望望，飞过去了，谁也不再去想它，都没这回事似的。曹银海对上面也不好交代。

白水荡垦区是属双墩管辖范围。二十世纪七十年代初正当"学大寨"的高潮，沿海各县不甘落后，纷纷围滩造田。算起来，这是历史上的第三次围垦。那次，县革委会发动全县二十万民工，用两三个冬春的时间，筑成了那条围垦海堤。当时，曹银海作为双墩公社书记，也是站在筑堤第一线的。想想那种情形吧：在寒风凛冽的海滩上，二十万人像蚂蚁一样攒动着。全靠锹挖肩挑，硬是挑起了长达三十六华里的一条大堤。从大海的嘴里剜出十二万亩土地。看看这条大堤：高一丈五、顶宽一丈、底阔三丈，外侧一律块石护坡。站在这堤上，你就能想起我们的祖先是如何挖掘大运河，如何建造万里长城的！曹银海只要一回想起那年头壮观的场面，心里总要激动一阵。

巧　花

然而，令人遗憾的是，后来因为资金匮乏，国家政治又动荡不定，不久，"学大寨"的高潮过去了，这围出来的十二万亩一直没有开垦。也不仅是白水荡垦区如此，其他县开辟的新垦区也都差不多。虽然有些地方办起了小型国营农场，但一般都是实验性质的。大部分都归沿海公社管辖。公社土地不缺，横竖是有当无，任其荒凉，任其沉睡。作为一乡之长，曹银海怎能不有点小小的抱憾与寂寥呢？

一个星期过去，曹银海几乎已经不抱任何希望了。猛然走出个季松年，开口就要承包三百亩，反倒又把曹乡长惊得一愣：为什么偏偏又是这个人！

季松年和曹银海早已打过交道。两三年前，季松年中技毕业回到乡里（他是主动要求回来的），被安排到兽医站。他向曹银海提出，自己学的是畜牧，要求创办奶牛场。当时党委研究没通过。为此，他对曹乡长似乎还有意见。街上迎头撞，故意扭过脸看别处，装作没看见。这，曹银海宽宏大量，不计较了。但他又在外面散布言论，说曹乡长思想守旧，跟不上新形势。尽管如此，曹银海也并没发火。不过一笑而已。今天，他又找上门来了。

曹乡长用疑虑的目光盯着季松年看了一会才问："三百亩？你一个人？"

"啊。"那位一点头，半张着嘴，微带笑意。那神情似乎在说：怎么？又不同意？这可是你亲口号召的呀！

曹银海自然不能说不同意，市海涂会议也没有限定承包面积。谁会有这么大胃口？在曹乡长想来，季松年之所以把嘴张得这么大，完全是为了摆出一副报复和挑战的姿态。可曹银海是有涵养的，他淡淡一笑："我的意思是，你是不是需要冷静、慎重一点，量力而行？三百亩，你有这力量开垦么？"

"有党给咱们撑腰，世上就没有办不成的事！"季松年回答得坚定。

然而，在曹乡长听来，却又分明觉得他是在嘲弄自己。

"你到底是什么意思？"

"我要求承包，这错了吗？"季松年毫不示弱，顶了上来。

"不要这样意气用事嘛！对不对。"曹银海忿忿地转过脸去。

不料，季松年却上前一步，拈住他的袖子一扯："我倒要问问你是什么意思！我响应号召，有什么不好？！曹乡长你就表个态吧，同意不同意？不同意就拉倒！"他终于发作了，脸涨得通红。这大大出乎曹银海的意料之外，没想到年轻人火气这么大。一时倒有点猝不及防。他退后一步，脸色发白：

"谁不让你承包了？！"见季松年的脸色缓了下来，他也换了种息事宁人的态度，"这本来是件好事，何必搞得不愉快呢？其实我的意思也是为你好，三百亩地，你有多少钱去开垦？"

"不是说国家提供贷款吗？"

"你准备申请多少？"

"三万块够了。"季松年不假思索。

"谁给你作保？"

"这还要人作保？"季松年显然没有充足的思想准备。

"所以吵，你根本就没想到！"曹银海轻轻地敲着桌子，又指椅子，"你坐下来，我跟你讲这个情况。"

季松年满脸疑惑地坐了下来。

"按理说，这是农贷部门的事，我们乡政府是管不着的。但这次情况特殊，所以我事先也了解了一下：开发性贷款不是专项拨款

巧 花

或国家资助个人,这两者有本质区别……"

"这我当然知道,我也不是不还。"

"问题在于,你开发的把握、你本人的信用,以及申请的数目。你想想,三万块钱,农行能不考虑经济效益吗?他们就敢随意借给你?万一收不回来怎么办?老崔那个人,你又不是不知道。"

季松年无言以对,心里凉了半截:响应号召,还得有人作保,这确是他不曾料到的。偏巧县农业银行双墩经理处主任不是别人,却正是崔秀的父亲。这事落到他手里,非砸锅不行!老头子对季松年印象不佳,至今也没有同意他和崔秀的事情。两人要好,早有耳报神把这信息透露给他。崔秀挨了一顿骂,季松年见他也躲得远远的,像老鼠见了猫。更何况,崔秀本人也不赞成他去冒这个险。

见季松年坐着发愣,曹乡长脸上微露笑意:"其实,你何苦要包那么多,三十亩还不够你玩?"

"三十亩?"季松年霍地睁大眼,"我真还看不上呢!"说完,起身就走。

曹银海却又慌了:"我也不反对,你要是主意拿定了,明天就来签合同。"

四

崔秀的父亲崔宝善,可以算个"人尖子"了。

崔宝善的精明是远近闻名的,农行主任有把铁算盘哩。不信,你去打听:这一带的几个万元户,哪个不是他崔主任一手扶植的?白手起家,手里没有两个钱可不行。只为有个三千五千贷款,终于闹成个小富翁,那些专业户们无不对崔宝善感恩戴德。逢年过节,养鸡的送蛋；养蜂的送蜜；还有那些养猪的养鱼的同样也忘不了他的好处。去年，崔宝善翻盖了老屋，砖，就是一个烧窑的万元户折价供给的。

可是，崔宝善决不乱贷款，在他那里碰钉子的人也不少。正像俗话说的：不见兔子不放鹰。他要是觉得这人没把握，跪下来求他也没用！

崔宝善年近花甲。他的老伴在崔秀六岁的时候去世了，几个孩子都靠他一人照料，也很不易。由于他教子有方，老大老二都被推荐上了大学，如今毕业分在外地工作。这不要说在双墩，就在全县怕也找不出第二家。在缝纫厂当工人的小女崔秀是他的掌上明珠。这孩子要给他养老的。崔宝善决心为她择一门好女婿。季松年他看不上，他本人没跟他打过交道。主要因为街上人提起季松年，十个倒有五六个摇头，认为他是个东遛西窜、不务正业的家伙。把女儿交给这种人，岂能让人放心？！

昨晚，崔吉成来提起季松年准备响应号召开发垦区的事。当时，崔宝善心里一惊：这小子，竟然跟自己想到一块去了！自从曹乡长传达了海涂会议精神以后，县农业银行随即从那两百万开发性贷款拨出四分之一给双墩。这五十万可由崔宝善做主放贷，偿还期五年，年息三厘六，大大低于生产性贷款，连崔宝善自己都眼红了。因为讲明了是用于垦区开发，非此不能动用。所以一个多星期下来，竟一分钱也没贷出去，这使得崔宝善大发感慨：现在，人都变熊了，若在过去，那还不抢着上！自己年纪大了，吃不得苦了。可年轻人呢？这是一个发财的好机会呀！现在，他守着一座银山，一肚子的惋惜，一肚子的感叹。

所以，当吉成告诉他这消息以后，他的第一个念头便是：英雄

巧　花

所见略同！见鬼，他竟把向来瞧不上眼的"季大夫"排在英雄之列了。不，那小子也可能是个冒失鬼。"人尖子"崔宝善岂能跟那种人平起平坐！

可是，他想起了一个人。年轻时听大鼓书，说那汉高祖刘邦也是个东遛西窜的无赖，居然成了帝王。他再想想季松年的模样儿，还真有点像！那伟岸的身躯，那藐视一切的不经意的笑态，确是透着几分英雄气，这一般人是看不出来的。

崔吉成看出二叔有点意思，这才说自己也打算参加，并提到了贷款的事。

崔宝善何等精明，立刻悟出这是姓季的小子在幕后使唤他的侄儿，立刻厉声道："你去对他说，别躲在后面，让他自己来见我！"他想知道季松年的具体打算。这只老狐狸也在酝酿着一个计划：如果可能，他要在这年轻人身上下一注，冒一次险！

最近，银行里也搞了承包，实行包放包收，利润提成。倘若那姓季的不是个草包，别说三万，就是五万，崔宝善也照样敢贷给他。这叫作魄力！

崔吉成没想到二叔竟然这样爽快。他应了一声，拔腿就奔。

季松年应召来见，走到门口却又犹豫了：这门，他多少次想跨进去，都鼓不起勇气，他委实怕看崔宝善那张阴沉的脸和鹰鹫般的眼，那双眼，能在一瞥之间将人看个透穿。崔主任在决定放贷之前，无一例外地要跟借贷者见面交谈。而借与不借，借多少都取决于崔主任直觉的印象——他的直觉总像指南针一样准确，几乎不曾有过失误。

"怎么啦？"崔吉成跟上来。

"唔，我想换个时间。"季松年说不出理由。

"算啦，万一他改变主意，就吹了，趁热打铁，跟我来。"

季松年忐忑不安地跟在后面，这次召见，将决定他的一生。包括崔秀能否成为他的妻子。

崔宝善端坐在八仙桌边，一手托着个铜水烟壶，呼噜噜地吸着，季松年进来时，他头也不抬："坐。"

季松年卑谦地在正中的一张方凳上坐下，崔吉成却像上宾一样坐到他二叔对面的位子上去，悠然自得地跷起腿。约莫过了半分钟，崔宝善才缓缓地抬起眼，一眨不眨地盯着季松年："说说你的打算。"

季松年清了清嗓子，有条不紊地摆开自己的计划：第一步，平整土地；第二步，种大米草；第三步，挖鱼塘和水利配套系统；第四步，发展畜牧养殖；第五步……

听着听着，崔宝善的眼睛眯了起来，眼角的鱼尾毕现。后来，他挥手打断："别说了，你以为三万块钱够吗？光是鱼塘和排灌渠道就要多少个土方？你还要买拖拉机，要盖房子，你这钱怎么个花法？"

季松年很快地报出一笔账："估计三万块钱是不够的。但我准备尽早一点，最迟在第二年年底就要产生经济效益，一部分交利息，一部分继续投入开发费用。贷款的期限是五年吧？"

"嗯。"崔宝善连点几下头。他心里已基本拿定主意了。

五

夜晚，月色很好。

八点多钟，季松年送走了崔吉成和他的表弟瑞龙，关上院门

巧　花

回到屋里，想早点休息，却丝毫没有睡意。于是从书架上抽出一本《经济学》，坐到灯下去阅读。没看几行，却走了神。这两天来，他一直处于亢奋状态。贷款批下来了，承包合同签订了，陶永军愿意参加了，他有点庆幸，居然没费多大力气就扫除了许多障碍。后天就要进白水荡了，准备工作正在进行。现在，不仅双墩镇上无人不知他的壮举，有线广播通往全乡千家万户。现在，无数人拭目以待，看他季松年将搞出一个什么结局。而对于崔宝善贷款给他的举动别说一般人，就连曹乡长也不能理解：为这个季松年，值得冒这种险吗？只不过没说出口罢了。他告诉季松年，县委很重视这一举动。这对年轻的开发者来说，是个很不小的刺激。他并不希望广播宣传，但却希望能够得到各层领导的关注和支持。他意识到，自己不可能单枪匹马地去闯出一个天地来，虽有足够的信心和勇气，但若离开国家和各部门的支持，必将是寸步难行的。将来，雇佣人力、租用农机、购买饲料和化肥，以及销售农副产品，无一不需要方便之门。离开这种支持，他便是一名一无所有的光棍汉，他将不可能征服那三百亩荒滩。

在这种思想的支持下，签订承包合同的时候，他虽然明知划给自己的那片土地是整个垦区最边远的一块，而且紧靠海堤；尽管心里不是味道，他也没多犹豫，稍稍打了个顿，便在合同书上签了字。

曹乡长解释：白水荡垦区虽有十二万亩，但南面的十万亩已经被省里一家企业看中了，曾经派员来踏勘，想作为新的发展基地。但又考虑交通不便，建造港口投资太大，费用暂时批不下来，正处于举棋不定的状态。所以，实际上只有北面的两万亩可以向集体或个人承包，那十万亩暂不能动。

曹乡长说：这三百亩的确是比较偏远，土质差、盐分重、缺乏水源，条件艰苦，不过，年轻人嘛，既然有志气，到艰苦的地方更能锻炼自己，显出英雄本色。

季松年只是苦笑，并没计较。

这几天走在街上，熟人见面都要站下来问两句："你真的要进白水荡？可以呀！"那口吻，那神态分明包含着另一层意思。接着，"准备得怎样了？"

"唉，就这么准备准备吧。"他懒得敷衍。

"行，看你的了。"

也有真心诚意表示佩服的，极少。

晚饭以后，崔吉成带他表弟瑞龙来"认识认识"。瑞龙家在李桥乡，离双墩还有四十多里。那里人多地少，一家包了四亩地不够种，这会带了五百块钱来入伙了。这瑞龙长得壮实，像头牛。人也憨厚，只是有点不大开窍的样子。问一句答一句，反应迟钝，没话说就搓手傻笑。季松年二话没说，收下了。

九点了，他洗脸洗脚准备上床，铺床的时候抖出一叠现金，这是陶永军拿来的三千元，准备买手扶拖拉机的。明天一早送到县里，让父亲给办理。为承包土地的事，他征求过父母的意见，父亲很担心。

父亲的性格与祖父没有丝毫相似，老实忠厚而又胆小谨慎，不敢过问是非，是个一辈子窝囊的小职员。他说松年的性格很像祖父：生性好动，外柔内刚，是个意志坚强的孩子。将来定会比自己有出息。说这话时，松年大约只有十岁，可他记住了，一辈子都不会忘记。

巧　花

对于季松年这庞大的开发计划，他既不赞成，也没阻止。大概是意识到儿子的决心不可动摇罢。儿子走的是一条和自己父亲相同的道路。松年的头脑和性格，说不定也还是自己从父亲那里继承来的呢，他难道还能去责备过早谢世的父亲么？

松年的母亲没见过祖父。父亲在兄弟排行中最小，娶亲的时候，家境已经很败落了。跟着父亲，一生没享到福。不过，她是个要强的女人，心性高，有教养，虽苦而无怨，对松年的影响不小。她希望儿子不要像自己的丈夫这样一辈子窝囊，盼他有作为。哪怕是失败也比他老子强，否则，她的内心就太郁闷了。

现在，季松年这颗年轻的心像一面张满了风的帆，很充实，很觉幸运。他是第一个，机会抓得好，如果今后再出现一群，还会给他们这么多土地，这么多贷款吗？

"笃笃笃"，有人敲门。

谁？季松年心头一颤，没有立刻起身。

"笃笃笃"，声音轻微，但却清脆，只是用一个指关节敲出来的声音。是她！他跳起来开门的同时踢翻了一张小杌凳。

果然是崔秀，她站在院门外的树影里，并没有要进来的意思。

"站这里干吗？不敢进来？"他的声音发出不可节制的快乐的颤抖。可她，却扭了一下身子：

"不，我想问你一件事，就走。"

"里面来问么，这样像什么！"

崔秀犹豫了一下，跨进来。季松年随手插上院门。

她转过身来，抬脸望着他，"前天，你上孔玉芬家去干吗？"显然，她听到什么闲言碎语了。

"谁说的？"季松年吃了一惊。

"别问谁说的,去过没有?"她星眸闪亮。

"是去了,可,我是为永军的事……"他急忙辩解。

"进去说。"她轻轻推他。

"我可不是偷偷摸摸去的。大天白日,那一刻街上人多着呢。"他似乎有点气愤,"这些人大概嘴闲得难受。"

"其实我也不信,就是想不出你为啥要单独找她谈。"

"只有单独跟她谈才有作用。瞧,永军不是来了吗?"他有点得意洋洋。

"他愿意投资啦?"她怯怯地,仿佛这话不该问。

"三千块,够意思了。"

"干吗非要硬拉他去冒险,人家钱来得不容易。"

"怎么是硬拉!我早就看出来他干够鱼贩子了,不过是迷那个女人。"

"怎么跟她说的?"她微露笑意。

"这个孔玉芬,也不像人家说的那样坏。其实我本来不抱多大希望的。不料,她态度还不错。我说:'永军听你的。你要是真心跟他好,就该为他长远着想,这鱼贩子还能干得长久吗?我是他朋友,不会把他往火坑里推……这事对大家都有好处。'开始,她好像还有点闹不明白。后来听懂了,一个劲地点头。她也听了广播了。答应永军下次来一定劝他参加。我叫她千万别说是我讲的。她说:'那我怎么好提呢?'我说:'你放心好了,永军准会来跟你商量的。'她显得有点难为情。说到这,我就出来了。"

"没说别的?"崔秀脸有点红红的。

"还有什么好说的!"

"没叫你下次去玩么?"她忍着笑。

巧 花

"咳,你瞎说什么呀!她又不是见谁都勾。"

"你好人!谈一次话,看法都变了。"她半开玩笑。

季松年有点发急:"可我也不能为了洗刷自己,就把脏盆子往人家头上扣呀!"

"跟你说着玩。"崔秀莞尔一笑。见床已铺好,"你都准备睡了?"

"没没没,早着哩。"他把手表塞到枕头下面。

"后天进荡?"

"后天。"

"准备好了?"

"差不多了。"

"可要我替你做什么?"

"好像,没什么要你做的。"他挨着床边坐下,"对了,你爸那里的工作,还得你去做。"

"怎么?他,不是已经同意贷款给你了吗?"

"我不是说这码事。是说你和我。"

崔秀低下头去。今天,她本就是准备来告诉他:父亲已经不反对了,对他的看法已经转变了。可也不知为什么,话到嘴边,却又不想讲。

她两手撑着床沿,垂着头,两只脚尖在地面上踏出一道道痕。

一静下来,两个人都感到局促不安。崔秀扬起脸,甩了甩一头秀发,见季松年那热辣辣的目光正盯着她,又赶忙别过脸去。

这一刻真安静,整个世界都沉睡了似的,从很远很远的地方传来一两声犬吠;白炽灯泡在头顶上洒下橙黄的,不太明亮却又是柔和的光辉;外面桥下的流水轻轻地喧哗着……

季松年很紧张,他甚至觉得,这静默再持续十秒钟,就会爆炸。

"崔秀。"他终于打破沉默,声音沙哑。

"嗯?"她的目光显得疲惫、蒙眬。

"我这一下荡,就要在那儿安营扎寨了。除非有事才回来。如果有空,你能不能去看看?"

"总归要去的。"她的声音低得几乎听不见。

季松年向这边挪了一点。见崔秀低头没动,又往她身边挨了挨。她仍没有起身离开的意思。只是将头垂得更低了。齐耳根的短发遮住了整个面孔,露出细柔的颈项。

季松年的呼吸变得粗重了,身上阵阵发冷,连连打着寒噤。他鼓起勇气把冰凉的手按在她的手背上。她把手往回抽,却并没使劲。他受到某种鼓舞,大胆地把右手搭在她热乎乎的肩膀上,同时在那微微散发汗味的令人销魂的颈部吻了几下。

她突然惧怕起来,用力挣脱他的手臂,一扭身跑出去:"你干什么?!我一点都不习惯。"似乎是很气忿地站在光线昏暗处,气喘咻咻地看着他。

他跟上去,想说:这有什么习惯不习惯?可没说出口,刚往前挪一步,她低低地威胁:"别过来!让我走!"

"崔秀!"他的声音里充满了失望与企求。

"让我走!"

季松年这才意识到自己正挡在门口,闪开一步:"崔秀,原谅我……"

她几乎是逃跑一样跑到院子里,刚要开门,又缩回手,转身望着站在堂屋里发呆的季松年像有点进退两难。月光明晃晃地泻了一

巧 花

地，她的身上像披了一件银白的纱衣，幽灵般地伫立在那里。好一会，又一步步地往回移，走到屋门口站住了："是我不好，你别生气。"停停，又说，"时候不早，你该休息了。"

他痛苦地摇了摇头。

"我走了。"她缓缓地向门口移动，然后，猛地一转身，拉开门栓。

"等等！"在这一瞬间，季松年做出了勇敢的决定，他不顾一切地抓住她两只手，捏得紧紧地："你就这样送我走了？"声音不高，但语气咄咄逼人。

她哀求地望着他的眼睛。过一会，好像支持不住了，头又垂了下去，身体则向这边倾倒过来。他就势将她揽在怀里。

这是季松年有生以来第一次痛痛快快地拥抱异性，感觉是那么新鲜、香酥、温软……她不再挣扎了，柔顺而又无声无息地任他抚摸、亲吻，她感觉自己正在一点点地溶化。过了好一会，她抬起了无生气的面孔，张开失血的嘴唇哀求："松年，别这样……我害怕。"

"怕什么？不怕。"他轻轻地安慰她，自己也觉得奇怪，声音竟这般浑厚，温柔，像男低音，像大提琴。

六

太阳刚升到海堤上面。一辆带拖斗的"丰收—27型"拖拉机突突突地开进了白水荡垦区。征服荒滩的战斗开始了。

这一望无际的荒滩，曾经是黄海广阔的潮间带。在没有这条围垦海堤之前，人们没事是难得到海边来的。自古，这里有"到了海边不见海，见到大海回不来"的说法。早晨，从老堤出发，一直向东要走二三十华里才能看见海水，不等往回赶，已到了午潮上涨的时辰了（一天之中两次潮，俗称"子午潮"）。这里海滩平缓，涨潮的速度是很快的，这时往回跑也来不及了。

过去，海边人捕文蛤，都趁拂晓前夜潮未落下去的时候，驾一叶舢板来到预定地点。潮水落下去，舢板就搁在泥滩上，他们用一根特制的耙贴着滩面刮，凭着柄上细微的感觉，准确地从淤泥中勾出一个个大如鸡卵的文蛤，丢到腰上挂着的网兜里。等午潮上来，就满载而归了。

现在是春天，稀稀落落的旱芦苇才冒出一尺来高的箭。盐蒿刚长出一丝丝深红的芽；在那被雨水冲刷得坑坑洼洼的沟坎边，偶尔出现一只野兔，它竖着耳朵，警惕地站立起来，注视声音传来的方向。然后一蹿一蹿地逃走了。

"突突突"，拖拉机的排气管喷着团团青烟，沿着堤下那条隐隐发白的小路往前开——这小路，是去海滩上赶潮的人踩出来的。由于行驶在堤坡底部，车身和车斗都微微向一侧倾斜。拖斗里坐着白水荡的第一批开发者，除了季松年和他的三个伙伴之外，还有五条精壮汉子，都是首批从西边雇来的农工。那里人口密度大，劳力有余，讲好了三块钱一天，他们乐意来。在他们身下，堆放着农具、炊具、粮食、蔬菜、被褥以及手推车之类，还有些玉米秸秆、稻草、树棍——是准备搭窝棚的。暂时不急于建造住房。

一路上，崔吉成的兴致最高，不住地哼着曲子——这六十年代流行的《军垦战歌》："迎着晨风，迎着阳光，跨山过水到边疆。伟大祖国天高地广，中华儿女志在四方……"

季松年不禁有点担心，他对未来的艰苦是否有了充足的估计？他是否具备了开发者的耐力和坚韧？倘若没有，这样的"豪情"又

巧 花

能持续多久?

再看看陶永军,早晨从镇上出发时情绪还好,这会儿却一言不发了,抱着膝盖,沉着脸,想心事。

"怎么啦?"季松年问。

"没怎么。"鱼贩子懒得回答。

"想家了?"崔吉成取笑他。

陶永军就像没听见,觑着眼望远方。

阳光下,地表的水分蒸发了,泛出一层白花花的盐霜,这是重盐碱土的象征,盐分含量少说也在千分之六七以上。他好像触动了心事,叹一口气。

崔吉成望着他发笑:"所以说,革命得依靠无产阶级……"言下之意,陶永军不是一名合格的开发者。

鱼贩子朝他翻了个白眼,不知叽咕了一声什么。偏偏这崔吉成不识相,也不理会季松年示意的眼光,像没戏弄够似的继续用话撩拨。陶永军终于发作了:

"操你娘的,你少在这里卖狗皮膏药!这不是你们共青团的生活,讨好卖乖给谁看!"

"咃,怎么骂人?!"

季松年皱起眉头,扯扯陶永军的袖子:"怎么一出来就吵?"

"你问我?他讲话酸叽叽的你没听见?"

"你也少说两句!"季松年转向崔吉成。

团委副书记耸一下肩膀,表示轻蔑,不以为意。季松年又转向陶永军:"你有火,就冲我发。"

"我问你,这都开了快一个小时了,还有多远?"

"快了,前面就是。"

"还前面就是，这不到白水荡尽旮旯了！"

"是在最边缘。"

"为什么不要近一点的？跑到这天涯海角好玩的吗？"陶永军余怒未消。

季松年耐心地解释：那十万亩是不能动的。

他说："根据贺平的改土经验，大米草从堤外移植到堤内须有个过渡。护堤的大米草每天有几个小时浸泡在海水里，如果立刻栽到含盐分低的土地上倒未必就能成活……"他平心静气地，将自己的打算和在邻县的黄海国营农场亲眼看到的情况讲给几个人听，陶永军不吭气了，但表情仍不以为然。

"今年，只要时间来得及，我们除了种草，还可以栽种一批耐盐树木：刺槐、柽柳；贺平那里还有一批新引进的小美十二号杨，据说也容易成活，长得快。总之，环境在于人改造。苦少不了要吃，但前途也是光明的。"季松年竭力用自己的乐观去感染同伙。

"算了吧你，耍花嘴！我他娘算上了你小子的当，一百多斤就这么贱卖了！"陶永军总算露出一丝无可奈何的笑意。

终于到了地头。

季松年等人跳下车，又吩咐拖拉机手和农工们："先开到那地势高一点的地方停下，东西就卸那里。"然后招呼陶永军和崔吉成，"我们到堤上去看看。"

拖拉机又开动了。

瑞龙神色茫然。大概意识到自己身份不同于农工，他急急忙忙地往下一跳，没站稳，跌了个四脚朝天。

黄海，真是名副其实！

巧 花

站在堤上放眼望去，视线所及都是黄汤汤的一片，使人不由得想起地球的洪水时期，想起那古老的传说：鲧为盗"息壤"拯救人类而遭天罚。那时的世界大概就是这样的吧？天空则是灰蓝色的。又如混沌初分，海与天空之间仍有一种纠缠不清的联系，呈现着一种烟雾迷蒙的色调，气势却是博大得令人感动。

现在，还没到涨潮的时间。海水在一百米以外静静地徘徊。裸露的滩上，有几个农民光着脚，站在汪着一层薄水的玻璃样的滩上捉蟛蜞，挖沙蚕。远处的水面上，隐隐约约有几个小黑点，那是海洋水文观察站的铁塔和在海上进行捕捞作业的渔船。

风，海上的风吹乱了他们的头发，鼓起他们的衣衫，四个人，各有各的想法。对于陶永军和崔吉成来说，海就是这个样子的，现在它很平静，也很叫人感到亲切。可是，当它发怒的时候，最好别去惹它！瑞龙第一次见海，惊奇得很，也许，他心里也有点初识的冲动，但他不会表达。

季松年望着大海，一声不响，一种强烈的、沉重的、奔放的意念使他激动得说不出一句话，然而，那种内在的力量，却静静地伴着潮水上涨。

七

醒来的时候，浑身肌肉酸痛。

季松年艰难地翻了一个身，稻草在身下发出窸窸窣窣的响声。睁开眼，见窝棚的顶壁透进些光亮，知道天已经亮了。身边是低沉的呼噜声和均匀的呼吸，永军向一侧蜷着身体，像只大虾。早晨的风带着阵阵寒意从那些无处不有的缝隙里钻进来，四个人都把被子裹得紧紧的。小小的窝棚，躺下来也只能容纳四五个人。并排睡，像晾在海滩上的鱼干。

毕竟长久不参加农业劳动，连续苦了一阵，就累得不行。永军和瑞龙倒也还好；崔吉成睡到夜里，经常发出一阵阵痛苦的呻吟，一开始把几个人唬得不轻，以为他犯了急病。摇醒后才知道，什么病也没有。季松年心里明白，他是过于疲劳了。崔吉成这家伙还真能吃苦，这使他感到意外。自从进了白水荡，十多天没听他有一句怨言倒是真的，不由人不对他刮目相看。

一开始，农工们平整土地。他们几个忙于生活设施：挖土井、搭窝棚、打地灶。暂且委屈瑞龙，让他当一名伙头军。至于永久性住房，那得等到秋凉以后，一切生产的基本建设就绪，那时才能抽出人。最糟糕的是没有甜水。土井里的水有股淡淡的咸涩味，烧开以后，壶底一层沉淀物。吃用倒勉强凑合，可这样的水质怎能养鱼？永军说的有道理，要想在这片土地上早一点收获，只有在鱼塘上打主意。在黄海农场，他忘了打听那里养的都是什么鱼，产量如何。有空的时候，还得专程去看一次。土地最好在谷雨以前平整完，挖好墒沟，并全部种上大米草。这样，到明年春天，他就可以饲养一部分牲畜了。

季松年翻了个身，腰部觉得很舒服。太累了，多休息一会吧，休息好才能干得更有劲。于是又闭上了眼睛。可是大脑已经休息够了，脑细胞舒臂踢脚纷纷活动起来。假寐中，他看见了一派动人的景象：鱼塘碧波涟涟；农田稻翻金浪，中央大道上开来了载重汽车；房舍整齐，林木成荫……一切都像诗画那般美好、和谐、令人陶醉。那时，他将在这片领地上隆重地庆祝一番，举行欢乐的婚礼。他要把他的新娘打扮得光彩照人、美丽无比；他要请来所有的

巧　花

亲朋好友共度良辰；还要请来农校的几位老同学，让大家参观他的农庄；要多准备些酒，让大家都喝得醉醺醺，一辈子忘不了这个日子。他甚至想到了新婚之夜的情景和未来幸福宁静的日子；想到愉快地操持家务的崔秀少妇模样和他们共同的孩子……呵，太迷人了，这一切都是有可能实现的！只是一个时间问题。

季松年使足了劲伸个懒腰，又睁着眼出一会神，这才艰难地从铺上爬起来。陶永军已经不打呼噜了，一动一动地，处于半睡半醒的状态。他套上衣服，推开玉米秸做的门，走到外面。

海边四月的早晨，清冷。东面的天空，现着一片胭脂色。太阳大概刚冒出海面。因为隔着海堤，看不见。远处的野地里浮动着乳白色沉重黏稠的雾气，像倒在清水杯里的牛奶。近处平整过的土地上，新土呈现着比表土更深的色调，不规则形状，像刮过油灰的桌面，不中看，却是光洁平整的。只等他将那生命的绿色刷上去——全部种上大米草以后，眼前就完全是另一种景象了。

窝棚门口，农具和手推车歪七倒八扔了一地。季松年忽然想起，何必等全部平整完？现在不就可以移种大米草吗？早栽早活，也不至于造成待工现象。全部人力投入平地，多笨！现代的农庄可不能再用古老的方式经营，要提高效率。他读过介绍韩丁的文章，印象极深。觉得美国农业的先进不仅在于第一流的农机设备，同时在于其环环紧扣的节奏和频率。管理科学在现代农业上发挥了效能。对，应该同时并举。还要栽树，也不能过了四月。

六点二十分天气预报。

季松年回窝棚取袖珍半导体收音机，陶永军跪在那里叠被子。

"你们两个也该起来了。"松年踢踢吉成。

半导体发出沙哑的电流噪音。

"……未来四五天内,本省沿海地区将有大面积降雨,雨日两到三天,气温有所下降……"女广播员的声音像受凉伤风了,并不时地"咳嗽"。

松年关上半导体收音机:"你们,谁去如东跑一趟?现在紧要的是去买草种,赶在雨水到来以前栽下去。"

吉成和永军都自告奋勇。看出来,他们都很想出去透一口气。这些日子,太苦也太闷了。没有电,想看电视也办不到。更谈不上有任何娱乐,心里头发枯。偌大的荒滩上,只有这么九个男子汉,白天还要拼命地干活。干到中午热了,衣服一件件地往下扒。到后来,几个农工都是赤身裸体的了。反正没女人,光屁股干活挺好玩!他们一边干活一边打闹。

到了晚上,一盏风灯,听听广播。季松年要么看书,要么找点事情做。陶永军向来不看书,通常洗洗抹抹,钻进被窝纳头便睡。哪里睡得着?不过是闭着眼睛想心事罢了。吉成和瑞龙喜欢钻到农工那一堆去,听他们吹牛讲故事。谈得最多的是关于男人和女人。有个外号叫"楦头"的小个子,一肚子这方面的故事。说到精彩处,汉子们听得眼都不眨。忽而,又爆发出一阵笑声,粗野、放荡,震动着寂寞空旷的海滩地。

一股很强的吸引力,经常把季松年也吸引过去。

"你们别争,一个人够了。"松年斟酌道,"那边铲草皮有人,主要是联系拖拉机。论价,订货,付款。永军去罢。"

"嗳。"陶永军兴冲冲地取了毛巾去洗脸。

"时间要抓紧,最好明天中午赶回来。"

"知道了。"

巧 花

"还有，"松年扯住他，"菜要吃完了，回来顺便带一些。肉呀鱼的也弄点来，别让咱们断了炊。"

陶永军抢了美差，早饭也不吃了，蹬上自行车，抄近路往双墩去，他已经打算好了：到镇上先打个电话过去，让那边先铲着。他这里联系拖拉机，尽量节约时间。一天半，省下来的时间是自己的。

松年何尝不知道他的企图，故意成全他罢了。

双墩镇没有变化，但在陶永军看来却变了。人们的神色变了。见了面："哟，回来啦？瘦多了！"就如他刚从月亮上归来似的，或者把他当作流放充军回来的。他没从北街进去，不想见他的鱼贩子伙伴们。从东街走，绕了点路到邮电所。电话打通了，对方回答很爽快，铲草不成问题，但要等这边人到车到，才能动手铲。警惕性高，怕是有谁跟他们开过玩笑。

拖拉机站却有些不顺利，只有一辆"东方红"停在院子里。永军进去说明来意。司机回答，等会儿要去县里拖煤，没空。说好话也没用，他只好退出来，去找乡政府。

不巧，曹乡长和几位领导都出去参观了，只有一个秘书看家。秘书倒是个热心人，问明情况以后，答应帮助想办法："现在拖拉机的确紧张。耕种季节，搞了承包，谁都要抢时间。"

"有没有希望？"

"试试看吧，你过一个小时再来。"

陶永军谢过他，出来就直奔南街。

拐过弯，就见一辆"大解放"停在孔玉芬家门口。粉条摊子没摆出来，像家里正有事。他心里疑惑，不由得放慢脚步。正好见小女孩出来倒水，便抢上去问："玲子，家里来人了？"

"我爸回来了,做么?"九岁的女孩,不是不懂事,冷漠中又有仇视。

永军大吃一惊,扭头便走。

她男人回来了,"那死人"回来了(孔玉芬提到自己丈夫总这样称呼)。他回来干吗?不会是探亲?"大解放"——对了,搭便车送东西回来的!这么说,不会久留。说不定今晚就走,最迟明天。算了,看这样子,他和她只有明天见面了。这样也好,草运回来,心也定。

可是一想到"那死人"今晚要占有她,心里又涌上说不出的滋味。

这似乎有点荒唐,丈夫占有妻子,难道不是天经地义的事吗?可陶永军才不管他夫妻不夫妻,他知道,她的心是属于他的。那种炽热的感情无论如何是装不出来的。在永军眼中,没有一个姑娘能和孔玉芬相比。她的容貌、神态、肉体、灵魂,一切都最大限度上表现了一个完全女性的特征。陶永军需要的,正是这样的女人。他要永久地占有她,除此以外,一切都可以置之不顾!

夜晚,她在他耳边怨怨地诉说自己当初年纪轻轻,不懂事,嫁给"那死人"受够了罪;说公社干部如何欺侮她,沾不上手就想方设法坏她名声。她不想再忍受下去了……永军决心拯救她:一个弱女子,为什么要遭到这么多不幸?!也许,她确有过人们说的那种事,可这怪得了她吗?她是一个充满了生命活力的年轻的女人呀!陶永军不管她的以往,他只知道:现在和未来,她将都是属于他的,这就够了。临下荡前的那一夜,尽情交欢之后,她流下了眼泪。

他希望,孔玉芬今天就对"那死人"宣布散伙的决定。

他先去采购蔬菜。

巧 花

下午三点钟光景，季松年他们干累了正坐在地头休息。崔吉成忽然嚷起来：

"看，那辆车！"

顺着他手指的方向看去，一辆"北京"吉普正沿着海堤开过来，速度很快，像奔跑着一只绿色的甲虫，看样子，是朝这里来的。季松年站起来，对农工们："你们穿上衣服，这样不雅观。"农工们笑了，他们并不想装得文雅，只是这样也实在不大像话。说不定车上还有女人呢。于是一个个急忙套上衣裤。

吉普车开到附近，车头一转，斜插过来。

首先跳下的是曹乡长。接着又下来两个男的和一个女的。其中有一位戴眼镜的，季松年在县里见过，是水利局的工程师。看样子，上面的确重视了。

"辛苦啦，小季。"曹乡长上来先跟松年握手，然后介绍，"涂县长亲自来看你。"

那位胖胖的中年人伸着右手迎了上来："辛苦了，辛苦了！"

原来，他就是涂县长。去年就听说来了个新县长，是六十年代的大学生，果然是书生模样，松年握住他软乎乎的手，一股热流流遍全身。

"哦，已经干起来了。"涂县长举目四顾，"早就听说，一直没空。今天到刘集参观，就绕过来了。唔，不错不错，你很年轻哪。"

"年轻没经验，希望领导多指教。"松年大大方方，没有半点拘谨。

曹乡长又介绍了崔吉成。

"崔吉成？这名字好像在哪儿听过？"涂县长仰起脸回忆。

曹乡长表情略有尴尬："他是乡团委副书记。"

"哦——对对对，知道了，想起来了。"他哈哈大笑起来。

吉成脸红得像熟透的柿子。

旁边那位女同志忙追问缘故。

"不能讲，不能讲，这个我替他保密。"涂县长摆着手，"对了，我还没介绍哩，这位是省报记者黎明同志。这次采访滩涂，听我们说起你，很感兴趣，所以也就一道来了。这位是水利局的姚工程师，水利方面有什么疑难，你可以请教他。"

松年跟他们一一握手寒暄。

"你们一共几个人？"女记者以为那五位农工也是合作者。他们正站在五六米远的地方，瞟着这边。"楦头"抱着膀子，眉飞色舞地做着怪相。

"他们是雇来的农工。"松年转脸看见瑞龙正迈着外八字步往这边跑来，"还有他。另外一个去买草种了。"

女记者转过脸来面带微笑："你这是黄海滩上办起的第一个个体农庄。有名字了没有？"

季松年想了想，大言不惭地："我想叫'崛起农庄'。"

"喝，崛起农庄，有气派！"涂县长随即表示赞许。

众人也都同意："这个名字好。"

季松年带着他们参观了住处，介绍了一些情况，请他们品尝了当地的水。记者提了一连串的问题，他都一一回答了。姚工程师指出本地地理特征以及在滩地上搞农田基本建设、水利配套系统应该注意的事项。这些对松年都很有帮助，表示今后一定要登门请教。

他们又登上海堤。

女记者问："这条海堤可靠吗？"

姚工程师回答："绝对没有问题。八一年十四号强台风摧毁了

巧　花

沿海十多处，这里却安然无恙，不过是漫进了一些海水。"

"你是说海水从堤上漫过来？"涂县长做着手势。

"是。不过，那次情况比较特殊，强台风和大潮碰到一块了。"

"这种情况会经常发生吗？"涂县长表示忧虑。

姚工程师摇头："难得遇到，不过……"他没有说下去。

曹乡长脸色有点难看。当他的目光和季松年的目光碰到一起时，很快地避开了。

"唔——"涂县长沉思起来。

"这么说，这里并不是很安全？"女记者问，"万一有一天碰到那样的情况，能采取什么防御措施呢？"

没有人回答。气氛显得有点凝重。

"不会有那么巧的事。"曹乡长急于打开僵局，"只要不赶在七月十五那天，都没问题。"

"我还不太明白，不是每个月都有两次大潮吗？"女记者的职业习惯就是打破砂锅问到底。

"那都不算，阴历七月十五那天是一年中潮位最高的日子。"曹银海解释，"八一年那次因为有台风助威，潮位高到七点三七米，比历史最高水位还要高。"

"噢，"涂县长似乎松了一口气，"这种情况不容易碰到。"

"不过，曹乡长，你把时间记错了。"姚工程师一丝不苟，"八一年那次不是七月十五，而是八月初三。我那里有记录。关键要看风力。"

曹乡长无言以对。

临走，涂县长握着季松年的手："好好干，有困难可以直接找我。也可以向曹乡长反映。新生事物么，要大家来扶持。"

整整一个晚上，季松年心情久久不能平静。

八

崔秀一上班就抓紧干活。

缝纫厂是乡办企业，实行的是计件工资制。最近跑业务的从常州揽来一大批加工活，那边催得紧，姑娘们劲头十足，一天都能挣两块多钱。手快的还不止。

崔秀这道工序是上衬衫领。把熨烫过的领子与涤纶衬衫的领口迭合在一起，对齐了，针下走一趟。反过来，再来一趟，一件活就完成了，看起来容易，说说也不难，做起来却不那么简单，纯涤纶弹性大，上的时候必须松紧合宜。否则领口就会长出来，跟领子对不齐。要么就起皱，得返工重来。那最糟糕了！拆一只的时间可以做五六件活。崔秀做惯了，动作又快又准确。她干活不喜欢讲话，不像有些姑娘，手一动话就来。当初，季松年三天两头跑来，跟靠门口的几个姑娘们吹牛谈天。她不参与，但耳朵却听着，觉得怪有趣。他总是坐在靠窗口那张熨烫的案子上，天南海北，吹得神乎其神。这里几乎没有一个姑娘不佩服他见多识广、说话风趣。有几个借着聊天的机会向他暗送秋波。他呢？却之不恭，也回一个笑。

崔秀心里也是喜欢他的。她也说不清到底看上他哪一样。好像不完全为了他的外貌和神气，只觉在他身上，有种撩拨人心的东西。虽然从来没跟他讲过一句话，甚至极少正眼看他，但她能断定，他是属意于自己的。凭着少女奇妙的感觉，她敢肯定，他正不断地在窥视自己。她总装作不知道。后来有一次，她大约是为了测试自己的感觉是否准确，无意般地扭过头去，一掠额发，扫了他一

巧 花

眼。嘿，一点不错！他慌忙躲闪。这以后，她就有点控制不住了：第二次、第三次……一次次像捉贼一样地抓住他。然后带着不易察觉的得意的微笑低下头去紧张地操作。他心领神会了，更大胆、更放肆地盯住她，继续有说有笑。连续两天，他们进行着这微妙的游戏。终于有一天，她的感觉出了差错。两次扭过头去，他的眼睛都望着别的姑娘，并且正咧着大嘴笑。她感到自己受了侮辱，决心不再搭理他。可这一来，事情就露馅了。季松年渐渐察觉出不对头。他不说也不笑了，六神无主，愣愣痴痴地死盯着她，像在哀求她饶恕自己无意中犯下的过失。她心里明明白白，就是死活不抬头。季松年这一反常岂能逃得过那些鬼精的女孩儿的眼光！

"崔秀，你的衣服着火了！"

"什么？"她一惊，顺着她们的眼光看过去，和他的目光相撞了，不觉脸涨得像块红布。这一来，秘密不称其为秘密了。松年一来，都拿他俩开玩笑。玩笑开多了，假的也能成真。真的还用说吗？

"嗳，知道么？街南那个卖豆腐的女人跟她老公走了。"这是当日新闻。

"哪个老公？"

"她自己的老公呗。"

崔秀停住手，她知道，卖豆腐的女人指的是孔玉芬。她们经常谈论她，故意把卖粉条讲成卖豆腐。她走了？陶永军知道不？

"真的？她老公不是在矿上吗？"

"如今有了新规定：在井下满了十五年就可以带家属。昨天开车来，一家子接走了。"

"人家去住新楼房，破破烂烂还不扔了！"

"往后呀,双墩的男人怎么办哟!"

……

崔秀偏过脸去听她们议论,拈一绺鬓发噙在嘴角,暗自思忖:陶永军肯定不知道。怪不得她乐意帮松年的忙。这女人也太不是东西!不过,这样也好。哼,还真是陶永军的福气哩!免得她继续害人。这样想,她又飞快地踏起缝纫机。

"是叫你吧?"旁边那个女孩用肘部轻轻碰她。

崔秀抬起头,见曹乡长站在门口朝她亲切地招手。他肩背有点弓,胸脯瘪陷,腹部则向前凸出,招手的姿态像赶苍蝇。她疑惑地欠起身。

屋里的姑娘们都停下机子,用略带吃惊的眼光瞧着崔秀,她离开座位,向门口走去。刚一离开,这里就叽叽喳喳议论开了。

记者黎明昨晚是在乡政府招待所歇息的。

这次采访海涂是省里下的任务,自从七九年八月,国务院批准下达了国家五个部局"关于开展全国性海岸带和海涂资源综合调查的请示报告",不久,省政府批发了二十一号文件,由省科委牵头,组织了几十个科研单位、大专院校,一千多人参加,历时三年的大规模综合考察。就在前不久,国家科委和国家海洋局在如东召开了沿海十省市关于海涂综合开发利用的座谈会。从此,开发海涂资源,被作为第四产业革命向海洋进军的奠基工程,放到重要的议事日程上来了。黎明此行的任务,就是沿八百里海岸线作一次采访旅行。回去写一篇综合报道。主编告诉她,准备用头版一整版的篇幅刊登这篇报道。

出来已经快二十天了,一路上,她参观访问了贝类生产基地、

巧 花

紫菜养殖加工厂、鳗鱼场、棉花原种场和改土试验站，以及渔港、冷库、鱼类加工厂。此外，还了解了海堤的历史和现状。做了大量笔记和录音。现在，她心里已经比较落实了。下面还要到连云港了解对虾、海带的养殖情况，再有一个星期时间差不多了。访问季松年是她此行的一个插曲，她认为，这或许能写一篇报告文学。在搞新闻工作的同时，她也从事业余创作。省里有家刊物正向她约稿。她决定，在这里多逗留一两天。

虽然见过季松年，总觉印象还不深刻，尤其是当曹乡长谈到对季松年这个人的看法时，那种吞吞吐吐，使她感到疑惑。为此，有必要作全面了解。在招待所，她向服务员了解，她只是笑，不肯多说。刚才，曹乡长告诉她，季松年有个对象在缝纫厂，也是崔吉成的堂妹。她便想找崔秀聊聊。

崔秀给她第一眼的印象很好。不多言，问一句答一句，没有丝毫做作。只是当黎明问及她和季松年的关系时，她才略显慌张，面色绯红："你说什么呀？"

"你不是季松年的未婚妻吗？"

"谁在这里瞎说！"她怨怨地瞥了曹乡长一眼，别过脸去。她害羞了。

曹乡长却哈哈地笑了："这有什么不好意思？是就是嘛。"

"根本就没这事嘛。"崔秀更慌了，生怕被记者套出什么，拿去印在报纸上，那不丢死人！她既矢口否认自己与季松年有明确的恋爱关系，黎明也就无法再问下去。曹乡长搞得也尴尬。

"姑娘，能不能带我去见见你的父亲？"女记者小心翼翼地问。

崔秀想了想，点点头。她没有必要阻止她和父亲交谈，父亲才不会和她扯女儿的事哩。于是默默地站起来。

对于记者的来访，农行主任报以一种极其冷静的态度。他不动声色地沉着地回答记者提出的每一个问题。

季松年开发活动已经引起了外界的关注，有可能会成为名噪一时的人物，崔宝善此时却又产生了点隐隐约约的担忧。说话也很有保留：

"年轻人办事本来就躁乎乎的，你们别跟后面瞎起哄。好比戏才开了个头，下面还不知道啥玩意儿，你这一拍巴掌，他就不知道该咋往下演了，依我说，暂时别写他。写了对他不利！你可懂我的意思？"他用一种半劝说半训诫的口吻对黎明说。

女记者很惊讶。但细细品味他的话，却又很有道理。在崔宝善面前，她感到了一种长辈的威严，自己则像一个受到责备的，在外人面前过于殷勤的女孩子，自惭形秽起来。可同时，另一种好奇心又促使她很想进一步了解这位看上去土里巴叽的老人。

"崔老伯，您认为季松年的开发成功的希望有多大呢？"

崔宝善抹着花白的短胡茬，慢悠悠道："这家伙是能办事的。要说不相信他能成功，我也不会贷款给他。可要说他准能成哩，我现在也不敢打包票。当年阜阳那华成公司起先办得也蛮红火，可一场海啸，狗日干净！什么道理？天灾人祸嘛！那叫什么海堤？奶奶的……"提起旧话，他滔滔不绝，越扯越远。曹银海几次想打断都被他用手势拨回去。

黎明倒觉得很新鲜，手伸到挎包里悄悄揿下录音机按钮。

崔秀早听腻了，她倚在门口皱起眉头："爸，你尽扯这些做么！人家记者要问你话呢。"

崔宝善一惊，刹住话头："哎，树老根多人老话多，你同志多见谅哈！"说完，取过水烟。

巧 花

　　黎明笑道："我倒觉得挺有意思。"

　　"啊——不客气，你只管问就是了。"他点燃烟，闷头吸两口，眯缝起眼睛。

　　"崔老伯，你是不是也知道那儿有海水漫溢的可能呢？"女记者又一次提起这个最为敏感的问题。

　　"海水漫溢？你指哪？"崔宝善显然是不知道有这回事的。住在老堤里的人，从前哪想到去关心那荒滩上的事情？只知道那里从来没破过堤就是了。当他问明情况以后，脸色变了，问曹乡长，"是有这回事？"

　　"我也是昨天刚听说。听县水利局的人说的。就是八一年那次么。"曹乡长神色很不自在。

　　"就那一次？"

　　"就那一次。"其实，曹银海根本闹不清。

　　崔宝善又低下头去抽烟，心事重重的。

　　"季松年这小伙子，倒是个有心计、会经营的，嚯，可别小看他了！"曹乡长给他吃定心丸，"咱们崔主任也是慧眼识英雄，贷款一放一个准！"他弦外有音地这么说。

　　连黎明都听出来了，她看看崔宝善，又瞧瞧崔秀，姑娘的眼里，正流露着不屑的意味。黎明觉得再谈有点难，便告辞了。

　　"秀，来一下。"

　　吃罢晚饭，崔秀在灶屋里洗碗，听见父亲在房里叫她。吃晚饭时，他一直闷声不响的。看来，是有什么吩咐。崔秀甩甩手上的水，用围裙揩着走进堂屋。

　　见女儿走近了，崔宝善抬起脸："松年回来过没有？"

崔秀摇摇头，表情很诧异。

"你去看过没有？"

依旧是摇头。

"想不想去看看？"

崔秀怎会不想去看呢？这十多天来，她差不多每时每刻都思念着他。那一晚上的情景，在她脑子里一次次地重现，一次次地重温当时的那种幸福感。她想，无论今后发生了什么事，她都将属于他，这是不可改变的了。那天晚上，临去之前，实在是犹豫了很久，对于她来说，迈进他的门，付出的是十倍于他的勇气和决心。这一点，他哪能想得到呢？她曾经答应过他，也很想去看望他，看白水荡垦区的情景，可是一直犹豫。再过些时候吧，迫不及待地追去，让人笑话。他也会因此看轻她的，于是，她又一次摇头。

"嗯，对，暂时别去。"父亲的心思叫人难以捉摸，"就是他回来了，你也暂时别上他那里去。知道啦？"

崔秀疑疑惑惑地点了个头。

"记住了！去吧。"

崔宝善在儿女面前，同样有着十足的威风。平时，他几乎每说一句话，每走一步路，都包含着他的计算，但毕竟，他不是那种落子无悔的高明国手。这一次，他疏忽了。一旦听说曾有过漫溢，他比任何人都能预感到那潜伏的危险，像一只机警的老狐，嗅到了远处猛兽的气味，他警觉了，犹豫了，举棋不定。他在考虑，有没有必要停止贷款？或者，先去考察一次。

九

暮色降临的时候，白水荡沉寂了。刚才还铺满夕晖的滩地，这一刻黯然失色，仿佛那阳光都渗透到土地下面去了。

瑞龙在远处嘶着喉咙叫："吃饭了。"

"回去罢。"松年招呼大家。于是纷纷收拾农具，披上衣服，懒懒散散地往回走。松年走在最后，看着前面农工们的身影，一个个摇摇晃晃疲惫不堪。半裸的身体，结实的筋肉在灰蒙蒙的暮色中模糊了。

手扶拖拉机还没消息，看来是货源紧张，早知请涂县长帮个忙，他一定不会拒绝的。在当今中国农村，这玩意儿最吃香了，耕地、运输、抽水、发电，一机多用。缺了它还真不行。

松年耳边，隐隐约约传来拖拉机的引擎声。是幻觉？不，该是陶永军回来了吧？他扭转身去向暮色苍苍的远处张望，却什么也看不见。

可是拖拉机的声音，毕竟是越来越近了。

"这黑鬼，耍够了！"

当满载草皮的大拖拉机驶到近旁的时候，才发觉车上并没有陶永军，问拖拉机手，回答是不知道。

"他叫我连晚送来，转脸就走了。"

"什么也没说？"

"没说。"

他会不会就此脱离，去干他的旧营生？一直情绪不稳，不是没可能。松年想，如果真是这样，就不必勉强了，少一个陶永军，天不会塌下来。

第二天,陶永军果然没回来。

第三天夜里,松年在梦中被外面轻微的声响惊醒了。

崔吉成正发出微鼾声。外面黑沉沉、静悄悄,没有半点声音。刚才是什么?做梦?不像,那声音分明还在耳边似的。他侧脸从帘隙中看外面,竭力回忆。依稀记得像野物的叫声。

"咔!"架脚踏车的声音。接着传来"喔喔"如小犬的低鸣。

松年撑坐起身,把脑袋伸出去:淡淡的星光下,果然是永军的身影。于是,瓮声瓮气地:"鬼东西,迷魂汤灌够了!"

永军一声不响,把书包架上的小狗丢到地上。那小畜生叉开四脚,站在原地,无所适从地低低哀叫。他这才又将它抱起来,钻进窝棚,摸到自己的铺位,一声不响地倒下去。黑暗中,松年似乎感觉到他正抚摸那条小狗。

"到哪去了?"

那一个不理睬。

吉成醒了,抬头看看,嘴里含混不清地叽咕几声,翻个身又睡了。瑞龙是放炮也不会醒的。

只好等天亮再问。

早晨,松年起身在外面活动了一会,在土井那边洗漱完毕,农工们已经起来了。他们在自己的窝棚门口说说笑笑。永军夜里抱回的那条小狗不知何时早已跑出来,被他们抓了逗着玩。

吉成衣衫不整,头发蓬乱地从里面钻出来,一手伸到腋下去抓痒。抬头看见松年,歪着嘴笑了:"那小子像有两天没睡哩。这会睡得像死狗。"

松年不语。过一会,他进去看。果然,永军那副睡相很难看:

巧 花

半侧着身体，头往后仰；半张着嘴，一口口地哈着气，眼睛也是半睁半闭的，模样吓人。他立刻想到的是：纵欲过度，精气衰竭。心里暗暗咒骂他该死。可再想想又觉不对：为什么半夜三更跑回来？还抱条狗，那神态举止……他禁不住轻轻推他一下。永军合上嘴，但没有醒。

"看我的。"吉成不知什么时候也跟进来了。折了一根稻草，在永军的耳朵、鼻孔里捺，两下就把他弄醒了。

鱼贩子睁开红通通的眼睛，看看，又闭上。

"起来起来！鸡都叫了，还不起来！"吉成模仿周扒皮的口吻，"快点，跟你算账呢。"见永军不理睬，又在他屁股上踹了一脚，"我看你小子是女人玩狠了罢！"

永军霍地坐起，眼里像在冒火。接着就猛扑上来，一把扼住吉成的脖子。那个猝不及防，跌倒在铺上，手脚乱抓乱蹬。永军眼睛暴凸，咬牙切齿，下了死劲扼住不放！

松年抓住永军的手腕，厉声道："放开！你疯了？！"他使劲掰也掰不开，眼看着吉成像饿虎爪下的羔羊，两眼翻白，脸色泛灰。松年这一急什么也顾不得了，他攥紧拳头，使足力气对准鱼贩子下颚猛击一拳！这一拳好重！永军只轻轻哼了一声，仰面倒下去，捧着脸动也不动。松年却又慌了，急忙扶住他："怎么样？你……"

"好！打，打得痛快！"鱼贩子睁着一只怪眼，从牙缝里挤出这句话。

吉成已经坐起来了，惊魂未定地抚摸颈部，他已经尝过一回死的味道了。

瑞龙已经完全醒了，却并不起身，歪着脸看热闹。

季松年怔怔地在永军身边蹲了一会,知道现在最好让他安静,别去惹他。于是,起身出去了。

永军究竟去哪里了呢?

前天,他把草皮运回双墩已经是挨晚了。他吩咐司机送到荡里,塞给他两块钱,转身就往街南去。他的整个身心都是饥饿的。

拐过十字街口,便能望见孔玉芬家门口的竹棚。"大解放"不在了。他一阵快活,加快了步子。走到跟前正要推门,却见上面挂了一把锈锁,不觉心头一冷。扭过头,远远地有几个人正望着他。那表情,似讥讽、似怜悯。他猛扑到窗口,扒着窗格朝里望。里面很暗——怎么?家具都没有了!只有一张破旧得不能再破旧的小桌,一具没了磨盘的磨架,打箍的大水缸,地上扔着两只开裂的木瓢……他又猛然转过身来,神情惊慌失措,站在竹棚下面活像个大傻瓜。

孔玉芬走了,一声不响地随"那死人"走了。没有给他留下一句话,像影子一样从他身边溜过去了。永军这才明白,她为何劝他投资入股,劝他参加开发,分手时也流了泪。真相大白了,看来,她是早有安排,早有打算,一直瞒着他罢了。

他赶到正要打烊的供销社,买了一把尖利的电工刀揣在怀里。然后骑上自行车朝县城的方向猛蹬。他饶不了她!他要追上她,把这把刀捅进她软软的肚皮!

他骑着车像飞。耳边风声呼呼。迎面来的卡车、手扶拖拉机、自行车、电线杆——一闪过……

从双墩进城三十五华里,到了县城边,他早累得像只狗熊,饿得眼冒金星,两腿簌簌打软。赶紧寻了个小吃摊,狼吞虎咽地吃了个半饱——身上钱不够了。

巧 花

吃完以后,他忽然想起:淮南煤矿大着呢,那家伙在哪个矿他也不知道;叫什么名字也不知道。只见过一两次面,上哪去找?再说,身上一分钱也没有了。他坐在小吃摊的长凳上前思后想,猛然想通了。觉得自己原是蠢不可及:还是松年说得对,跟这种女人犯不着太认真,感情陷进去更没必要。再为她玩了命,那真是天字第一号蠢驴了!

可是,他没有脸再回双墩,那里将成为他的地狱。白水荡,他也不想回,那儿不是自己待的地方。穷乡恶水,三至五年,让它统统见鬼去罢!他想到了远走高飞,浪迹江湖。临时工,做买卖,现在哪儿养不活人?

他站起来,推着自行车。沿着路灯下半明半暗的街道往前走,自己也不知该往哪儿去。像一位梦游者。

夜里,他睡在城郊一家农舍的草堆边。凌晨,风多露重,他冻醒了。睁着眼,呆呆地仰望平原上闪烁的星空,又想起了孔玉芬。他不知道自己这辈子还会不会再喜欢别的女人,在他和她打得火热的日子里,除她之外,的确是没有一个女人能使他动心的。

冷得受不了,他爬起来,将草堆掏了个洞,大半个身子钻进去还冷得蜷缩一团,像条冬眠的土蚕。依旧没有睡意,满怀辛酸地回忆着从前的一幕幕。

次日,又在外面游荡了一整天,也饿了一整天。想来想去走投无路,到下午,他决定还只有回白水荡。在那里,他可以躲开人群,安安静静地舐吮伤口。现在,要去就死心塌地了。

他不愿在白天通过双墩,挨到天黑以后才进镇。在路上,他捡了一只被人遗弃的小狗。那小东西被人扔在路旁的一个深坑里,发出呜咽的求救声。坑底有积水,它在下面蹦蹿糊了一身泥浆,十分可怜。然而，它也很幸运，遇到了一位命运相同的人。

十

真是老天有眼，雨期推迟了。

按照松年原定的计划，五十亩留待下一步挖鱼塘，生活区域再除去一部分，其余两百四十多亩地全部按一米见方的间距种上了大米草，在平整土地的同时，挖好了排水沟。

按照贺平的改土新法：第一步应该是引水洗盐。这里缺乏水源，主要依靠天然降雨。种大米草是第二步；两三年以后，当土壤里的盐分基本被大米草吸收了，那时再深翻土地，耕掉大米草，而它深达一米的网络般发达的根系，都能变为极丰富的有机肥料。然后放水养细绿萍。为的也是增加土壤的有机成分。这种霉菌般的萍类繁殖起来很快，但需要水分，地下水不行，得挖渠道，把斗龙河的水从远处引来。目前他还顾不上，这得花很多工，要投资上万元，和挖鱼塘差不多，留待下一步解决。可能要到冬天。养一年细绿萍再翻掉种苕子、红花草，这一周期要四五年时间，盐分可以降到百分之零点二以下，有机质含量也能达到熟土标准要求。而自然改土的时间，一般都要长达二三十年，是大大地缩短了。

松年尊重科学，他准备严格地循守这一规程，五年以内彻底改造这片土地。

然而，他想起了令人畏惧的"三兄弟"。

自从涂县长他们来过以后，海堤漫溢的问题也成了松年的心腹隐患，他担心有一天，那样的灾难降临，他将用什么去抵御它的侵袭？海边人，历来把台风、大潮、暴雨称为"三兄弟"，他唯一担

巧　花

忧的，是"三兄弟"不期而至。这种可能是存在的，但其危害到底有多大，季松年暂时还想象不出来。现在，要想换一块地似乎已经是不可能的了。打退堂鼓？他想也不愿想。像八一年的那次台风，还不知多少年才遇一回。他劝自己不要多想，高枕无忧，也许反倒没事。尽管这样安慰自己，心里总还像卡了根刺。

就在他们即将全部栽完的时候，下起雨来了。真是好雨！这一下，栽下去的大米草都可以成活了。大伙冒雨栽完最后一垄，个个都成了落汤鸡。

两天以前，松年就在打算如何犒劳弟兄们。永军上次采购的那批"洋河"还几乎没动，瑞龙上午就被派往镇上，买来了鲜猪肉、鲳鳊鱼和梭子蟹。最令人垂涎的是那半盆新鲜条虾。"生吃蟹，活吃虾"，海边人的吃法，一般都是喜欢"醉"：将虾和蟹用白酒浸拌，蘸糖醋吃，那味道着实鲜嫩无比！内地人是享受不到的。人也要"醉"，大碗喝酒大块吃肉是他们的习惯。

每天退潮以后，瑞龙总要到堤那边的滩上拾点什么：蚶子、竹蛏……再配上点蔬菜，就是一桌丰盛的海味宴席了。

说是宴席也称不上，因为连一张桌子也没有。八九个人挤在小小的窝棚里席地而坐。猜拳行令，插科打诨，全不管外面风雨交加，雨水流成了小河。

农工们也很开心，只见那楦头捋起袖子，伸长脖子，一个劲地穷喊鬼叫："老虎！杠子！……哈！喝一口！"

吉成已给灌了二两下肚了，还不服输。松年扯扯他，示意别喝得太猛。

"不要紧不要紧，我的量我有数。来，陶大哥，别闷闷不乐的，今个咱们开心一点。为你的彻底解放，干！"酒一下肚，人变得坦诚可爱了。

永军脸上的肌肉搐动了一下，默默地端起酒碗，抿了一口。挟一块肉骨头丢给狗。他给这小友起了个漂亮的名字，叫"赛虎"。

松年担心他喝闷酒伤身体，出了个点子：叫在座每个人讲个笑话，要有趣，最后大家评分。说得棒，受奖，条虾一勺；差劲的，受罚，小半碗酒，也放旁边。

"现在从我开始，往这边转。"他故意把永军排在最后。

大家都赞成。唯独瑞龙不吭声，爬起来就往外钻。松年一把拉住他："哪去？你不见外面正下得大？"

"我……撒尿。"

"撒尿？站门口撒！不准溜！"

"饶了我吧！"瑞龙央告，他肚里委实没笑话。

"那不行，"楦头捞起酒碗，"你得认罚！"

瑞龙苦着脸像个小老头："我不吃条虾还不行吗？一只也不吃了。"

大伙都被他那副孬相逗乐了。笑声中夹杂着赛虎的吠声。

"好，好，这就算他一个罢。"松年摆摆手放他过去，"不过，这么一来，我得排到最后了。咱们说好了这么转的，对不对？下面吉成。"

吉成捏着鼻子，很快就想出一个："从前，有个县太爷怕老婆。一天，他把衙役们都找来，说：'你们怕老婆的，都给我站到右边来。'哗地一下，大家伙都涌到右边。只有一个人站在原地不动。县官心想：还真有不怕老婆的。于是，整衣拂袖，走下位子来屈尊请教。那衙役说：'我老婆讲，人多的地方不要去。'"

"哈……"都笑开了。

巧 花

松年注意观察，永军也乐了，只是没笑出声来。

接下去是一位叫四虎的农工，说得不很精彩。别人没笑，他自己倒笑得上气不接下气。

"这个不行，你准备喝酒！"吉成指着楦头，"轮你了。"

楦头不慌不忙，先夹一口菜："这能难倒我？你去打听打听，咱楦头别的本事没有，就是会楦！上回邻居盖了一间屋，说堂屋嫌小了，我说：'不要紧，咱给你楦！'不信你们去看，比原来大多了。"说得眉眼直动，煞有介事。

"哈哈哈哈。"都笑了。

"可以可以，现编的，还不错！"

吉成却嫉妒了："他这算什么笑话！是吹牛！"

"你刚才笑了没有？"楦头用筷子指着吉成，"你没笑，对不对？不过咧了下嘴，哈了口气。"

又是一阵笑声，吉成反倒被动了，只得拱拱手，放他过去。

下面几位农工说得好笑倒也好笑，就是粗俗了一点。不过，大伙似乎都很开心，大笑仰俯，手舞足蹈。小小的窝棚，此刻充满了酒气、脚臭和肆无忌惮粗野的笑声。

松年此时忽然生出一点幽默：这风雨交加的夜晚，这小小的窝棚像海滩上的一只螺壳。一只充满了男性气息的热闹的海螺。如果有陌生人在滩上迷了路，或许会把他们当作从水里爬上岸来寻欢作乐的一群精怪。

笑话一个比一个粗俗。轮到永军了，看样子，如果在他这里不出现高潮，定然会使众人扫兴。永军咬着嘴唇，抚着赛虎，默默斟酌。正如松年所希望的那样，他的情绪已明显地好转了。

永军果然不负众望。先声明：这是在部队听战友说的，但是真事。"说的是美术学院有间专放石膏像的屋子。有一天，两个女工进去打扫，一不当心，把个男性石膏人体像的那玩意儿给碰断了。两人吓得不轻，悄悄找来胶水粘。年纪大一些的说，应该怎么怎么粘；年轻的那个说：朝下不对，应该朝上，她见过都是朝上的……"

"哗！"像油锅里撒了一把盐，笑声差点掀翻了屋顶。众人那个开心劲儿呀，一时登峰造极，翻跟头、竖蜻蜓，笑得一发不可收拾。楦头一手揉着肚子，一手竖起大拇指："行了，服你了，条虾归你。"

松年见目的达到，得意得很，也讲了个雅俗共赏的，算是收尾。

大家继续喝酒吃菜。

外面，风势已经减弱了。雨还在下，只是没前一阵猛了，变成春天常见的那种淅淅沥沥、绵绵不断的小雨，落在窝棚顶上，发出沙沙沙如蚕食桑叶般的声音。看样子，一时半刻收不住了。

酒至半酣，众人个个红光满面。

松年端着酒碗站起来。因为棚顶碍事，不得不勾着腰，身体微微有点摇晃："诸位，我季松年创业维艰，幸蒙各位大力资助，非常感谢！"

一片掌声，俨然是一家大公司的宴会厅里，松年的气派绝不亚于一位总经理。

"现在，还在草创阶段，条件艰苦，困难很多。暂且只好委屈大家，马虎一点了。"

"哪里哪里，不客气了。"众人七嘴八舌，俨然是一群衣冠楚楚的董事、股东们。

巧　花

松年擦去眼角的白翳，使劲睁了一下眼睛。酒精在体内燃烧，聚集着一种需要发泄的力量。头脑是清醒的，只不过思维和举止像上了过多的润滑油，微微有点儿控制不住，又不住地想笑，这大概就是人们说的酒后开心吧。松年的确感到很开心！他一手撑着草棚的顶杠，俯视着这群赤胆忠心的伙伴："嗨，我说咱们大伙好好干。等到将来，农庄搞好了，贷款还清了，我要办喜事。到那时，我请你们痛饮三天，把你们统统——喝成醉虾！"他一抬手，喝干了碗底最后一口。

"痛快痛快！"大伙狂笑着又说起疯话。

"松年，你小子不用装得正人君子似的。"永军已有七八分酒意了，他揪着松年的衣服，"老实交代，你跟崔秀姑娘有几分光了？"

"不谈不谈！这个不谈。"

"听着，我奉劝你一句，"这黑鬼倒教训起人来了，"当机立断，一竿子到底！别让小妮子跑了，害得我酒喝不成。"又指着吉成，"别看他这会人模狗样，坐这里像个大舅子。她堂妹真变了，他捆来送给你？"他舌头发硬，已有醉态了。

若在平时，吉成定然又要与他顶撞。可今天气氛不同寻常。加上又有点不胜酒力，心里作呕，他只笑笑，没有应答。

松年见吉成脸色苍白，怕他翻脸，忙端起酒碗，送到永军嘴边："好了好了，你就趁现在多喝一点吧。"心想，灌醉算了，免得他要酒疯，坏大伙情绪。

永军接过来，一仰脖子又是一大口。

永军醉了，他开始东倒西歪。从松年身后，爬到吉成身边。一手撑着，脸侧过来，眼泪汪汪地瞧着团委副书记，不住地打呃，像是要哭。

"陶……陶大哥，有什么不畅快，你说，说出来会痛快。"吉成醺醺然地摆动着脑袋。

"是……我恨……呃，恨所有的女人，她们害人！"

"也不能这么说……我堂妹就是好样的。"吉成耷拉着眼皮，"不信，你问这老兄，我不是吹，百里挑一！"

"我不信，女人都是害人精！坑了你，还，还要你想她！"

吉成没有反应。看样子，他有点支撑不住了。

"唉，我心里苦哇！"永军终于伏在吉成的肩头哭起来，抽抽搭搭，大男子汉，哭起来模样实在令人同情。

楦头和他的伙伴们却开心地大笑了。

吉成像承受不住永军的重量，在草铺上倒了下去，酣酣入睡。永军抽泣了几声，也趴在他身上醉过去了。

小狗赛虎却吃得肚儿圆圆，不住地舔嘴。

瑞龙没敢多喝酒，反倒清楚了不少似的。平日里，他总像喝得迷迷糊糊。

农工们依然有说有笑，喝着，吃着，抽着烟，不遗余力地清扫战场。

挂在门头上的那盏风灯，焰头黄黄的一动不动，在弥漫的烟雾中撒下些昏融融的光辉，显得温暖、柔和；外面已经听不见雨声。

松年感觉脑袋里像灌了水银，沉得厉害。浑身燥热，想透一口气。他摇晃着站起来，小心地从两个醉鬼身上跨过，推开玉米秸秆门，走到外面。雨并未完全停下来，牛毛细雨落在他脸上，凉丝丝的，非常畅快。

没有月色星光，天地一片墨黑。

此刻，松年真正觉得这片土地已经和他的身心连为一体了。一

巧　花

场大雨，冲去地表的盐霜；他呢，也感到一种病热退去后的轻松愉快，浑身充满力量。

他走到田里，从沟里抄点水尝尝。水是咸的，像夏天的汗水，"呵，真是妙不可言！"他差点叫出声来。

夜，已经深了。大海快要涨潮，隔着海堤，已经听见远远传来海浪的细语。一种莫名其妙的欲望促使他深一脚，浅一脚地向海堤走去。

站在堤顶上，这里风比下面大。松年的衣襟吹得鼓起来像个孕妇。面对黑沉沉的海面，他激情涌动着，胸中仿佛产生了一百个大气压，于是，放开喉咙："该死的大海，你看见没有，看见了没有哇？！"

"哗——"海的回答宛似一片嘲笑。

十一

报社的工作，总是这样紧张繁忙。

黎明自从去年采访海涂，距今差不多有一年零两个月了。最近，新闻科又调来两位同志，分担了部分工作，这才觉得松闲了一点。她向科长提出，想再次采访海涂。

上次那篇关于沿海综合开发的长篇报道出来以后，引起社会的关注，反映较好。可是季松年的报告文学却只字未动。她并不准备放弃，因为，在海滩上创办个体农庄，这毕竟是很有特色的新事物。所苦的还是没有能够抓住人物，感到形象单薄，所以无从下笔。崛起农庄，现在究竟搞成什么样子了呢？她很想再去看看。

黎明这次下去，没找县委和乡政府，而是直接到缝纫厂找到了崔秀。

崔秀的态度显然与上次不同了，比较亲热，也可能是因为没有干部陪同，说话自由。她告诉黎明，这一年多来，松年那里变化不小，不仅挖了鱼塘和排灌渠道，房屋也盖起来了，还栽了不少树。现在去看，已经像个农庄的样子了。说这话的时候，她的脸上洋溢着喜气。

当黎明问起崔宝善时，姑娘的表情变得似怨似嗔："上次你走了以后，我爸好长时间不准我跟他来往。"

"为什么？"

"不就为你提出的那些问题么。他像得了病似的，成天担心台风、大潮，生怕哪一天海水漫进来，他的贷款就没法收回来了。"

"后来呢？"黎明没想到自己多了句嘴，竟然造成这样的后果。

"他打算停止贷款。"

"真的？！"

"当然是真的。松年知道急猴了，他急急忙忙赶来找我爸。两人足足谈了一个下午。"

"结果呢？"

"我爸让步了。松年拿出有关海潮的资料数字，他没话说了。其实像八一年那次强台风，在历史上也是少见的。"

"哦，原来是这样。"黎明的脑子里，还有个疑团，就是，除了那一次之外，以前和以后，是否从来没出现过漫溢？这个问题，她那次在海堤上提出来以后，至今没有人回答。曹乡长说没有过，他有什么根据呢？要知道，那块地是紧靠着海堤的，哪怕稍有漫溢，三百亩也是保不住的呀！话刚到嘴边，又咽回去。她想，这问题还

巧　花

是由季松年来解答好。也许，他已经找到了确凿的根据呢。

"准备什么时候结婚？"黎明问。

"又扯这些了，早哩。"崔秀仍有点不好意思。

"现在，可以把你当他的未婚妻了吧？"

"不准这样说的，真难听！"姑娘嗔道，"我们这里没有这种称法。"

黎明从心眼里喜欢这个小妹妹，朴实可爱得像青禾，又如新稻米饭那般香糯。跟她在一起真愉快。

"今天你有没有时间？跟我一块下去吧。"

"跟你一块儿去？"崔秀考虑了一下，同意了。

她俩各骑一辆单车抄小路奔白水荡垦区，一路有说有笑。崔秀现在已经无所顾忌了，她经常去看望他们，顺便带点荤素食品。

还距离很远，黎明已经看见那个个体庄园的轮廓了。一片树木像飘落在地平线上的一根碧纱丝带。崔秀告诉她，那都是去年春天栽的刺槐和柽柳。松年用这些盐碱土上的先锋树种把三百亩土地围护在中间。

再往近处，就能看见树木后面的那排红房子了。位置显然高出地面。那是因为松年当初选择了地势偏高的地方作生活区；低洼的地方挖鱼塘。挖出的土又堆到生活区。所以房基的位置就格外高了。

已经能看见那一大片碧绿的草地了。绿茸茸、平展展，像个无比广大的足球场。有些白色的小动物在那草地上蹦蹦跳跳。崔秀说，那是前不久，松年从县羊种场买来的二十只杂交小绵羊；此外，还养了几十只兔子。

黎明简直有点怀疑自己的眼睛了，仿佛出现在前方的是一个童话世界。白云蓝天，草地绵羊，塞外草原的风景居然在黄海滩上出现了。这莫不是海边常见的海市蜃楼现象？她甚至担心，这美妙的景象顷刻之间会被一阵风吹得无影无踪。

然而她的担心是多余的，她们已经进入季松年的领地了。那位农庄的主人已经闻讯迎了出来。

一年不见，季松年的变化太大了，甚至已经显得有点苍老：皮肤又粗又黑，脸上出现许多粗粗细细的皱纹。尤其当他笑的时候，那些放射线、平行线和弧线就更见分明。头发也像盐蒿般乱蓬蓬的，真不像二十八九岁的人。

"祝贺你！"黎明首先向他伸出又白又细的手。

松年稍稍迟疑，也握住她的手："欢迎！"

黎明感动了：这双手，是真正的劳动者的手，开发者的手。粗糙、坚硬，很有力。由此可见在这一年多里，他吃了多少苦，付出了多少艰辛的劳动！

黎明还注意到，当松年和崔秀的目光相遇时，那种相互会意的神情，多么像一对甜蜜的新婚夫妻。在刚才的路上，崔秀有意无意地透露：松年有可能在三年之内还清贷款，那时候，他们就可以结婚了。

"三年就能还清？"黎明表示惊讶。

"能！"崔秀神色很笃定，"那五十亩鱼塘今年冬天就有收益。养的是种新品种，叫罗非鱼。这种鱼适应这里的水质，长得也快，照一亩一千斤算，今年就能收入两万多元。扣除饲料成本，净收入一万五千块，加上兔毛、羊毛收入，能将近两万。照这样的速度，两年多也就能还清了。"

黎明简直有点嫉妒了："到时候，我一定来参加你们的婚礼。"

巧 花

黎明听见手扶拖拉机的声音。转脸看，崔吉成站在驾驶位上，半弓着腰，手按操纵把，那辆红通通的簇新的小铁牛正飞快地朝这里冲来。瑞龙站在后面车斗里，拄着锹，叉着腰，像一名威风凛凛的古代将军。

吉成开到跟前，猛地一刹，瑞龙差点从上面翻下来。

崔吉成的变化不很大，只是海滩上的风雨日晒把他锻炼得更结实了一些。爱说爱笑的性格倒还依旧。前不久，崔秀受命于父亲，在缝纫厂给他说了个对象。现在他和瑞龙承包部分鱼塘，兼管运输，三天两头往乡里跑。对记者的再次来访，他感到兴奋："怎么样？记者同志，很美吧？回去替我们吹吹。"

"我就是来为你们鼓吹的。"黎明抬起手臂，梳理着被风吹乱的卷曲的头发，举目四顾，真心实意地赞叹着。

"草滩放牧实际上只是一个过渡。"松年向她解释，"草滩面积有限，畜牧的经济收益不大。这片土地，可以说目前还没有发挥作用。我准备下一步养细绿萍的同时，也种上茨菰、薏仁米和其他水生药材，这样一边改土，一边收回成本。"

"你最终的目的还是种粮食吗？"黎明问。

"现在不一定了，我得根据国家收购的情况来决定。也可能大面积种植经济作物。到那时灵活性就比较大了。有一点不可改变：农庄最终要发展成为农、副、工综合经营的经济实体。这是我的既定方针。我可不想搞成封建地主庄园。"他的语气中透着几分自负。

黎明把他的话简要地做了记录。又问："现在对你来说，三百亩土地大概少了点罢？"

松年无声地一笑，默认了。

"你打算继续申请承包土地吗？"

"目前没有这样的打算,我在这里脚跟还没站稳,不敢贪多求大。"

"去年以来,有没有自然灾害?"

"有过两次大的台风袭击,损失不重。把草棚吹飞了。"

"你正好盖砖房。"黎明朝那一溜排新房扫了一眼,"盖房花了多少?"

"连运输五千。"

"就你们几个大人,住得了那么多间?"

"每人一间,还有厨房、羊圈、兔舍,东头那几间是给承包工住的。"

黎明合上本子:"去参观你的鱼塘吧?"她远远看见西北那口鱼塘边上蹲着一个人,忍不住问,"那是谁?"

蹲在鱼塘边上的是陶永军。他正在擦拭一只双筒猎枪。赛虎在离他不远的地方追扑一只蚂蚱,神经质地蹦跶着。它已经长成大狗了。因为喂养得好,黑色的毛皮油光锃亮。陶永军去东大荡打猎就带着它,既可帮他衔回野物,同时也能带路。

东大荡是与白水荡毗连的一大片海滩,在北面,方圆也有近百里。一直没有围垦。近些年来长起一大片芦苇,芦苇也耐盐。东大荡再往北,就接近丹顶鹤栖居的自然保护区,那里的芦苇更加茂密。东大荡不属于自然保护区范围,但野禽野兔数量也不少。因为没有路,赛虎就成了不可缺少的向导:回来的时候,只须凭它灵敏的嗅觉找寻它自己的尿迹,准不会迷路。

对于永军来说,打猎是种主要的消遣。几乎整整一个冬天,他都是这样度过来的。在那天寒地冻、大雪覆盖的季节,挖排灌渠道

巧 花

的工程暂时停了下来。松年他们和百十名农工都回家过节去了。唯有陶永军不愿回去，情愿一个人待在海边。他怕看见乡里人的面孔，希望人们把他忘却。加上今年年初，他曾冒里冒失地打死一只丹顶鹤，被农工们把消息透露出去。县司法部门派人来调查，差点吃官司。总算被松年遮盖过去了。为这，他更不敢抛头露面。母亲和弟弟来这里看望过他，并托人给他说亲，奈何这犟头死不依允。他成了一个久不问世的孤独者。开春养了鱼，他一人承包了二十五亩，由于管理精心，饲料配合得当，鱼的长势比吉成、瑞龙承包的那一半强不少。没事的时候，他总是蹲在鱼塘边上，观察鱼情，默默地想着他不为人所知的心思。

永军早看见黎明她们了，只是懒得起身，直到一行人往这边走来，他才用枪拄着站起来。

黎明上次来，没见到陶永军。听崔秀介绍过，对这个"人物"很感兴趣。

"你好！听说你'工、农、兵、学、商'都干过？"

永军竟然腼腆了："那是说着玩的。"

"他最热爱的职业是鱼贩子。"吉成总忘不了及时地捣他壁脚。

"除了养鱼，你还干些什么？"黎明问。

"你不见他手里的家伙？"吉成反应倒快。

永军火了，忽地瞪起眼睛。

崔秀埋怨他堂兄："你少说两句，没人当你哑巴！"

"他还附带管理树木。"松年替他回答，"我们几个人的承包是采取分工合作的方式：我负责牲畜，兼种蔬菜；吉成和瑞龙除养鱼之外，一人负责运输，一人负责做饭。同时，他们又是我的股东。"

"一股多少钱？"

松年竖起巴掌,"五百元。"

"好嘛,都成金融财团了。谁的股份多?"

"呶,他,三千块。"松年指一下永军。

黎明不觉又将永军上下打量:已经是初夏季节了。他穿一件被汗水渍黄了的浅蓝色的确良衬衫;敞着怀,胸脯和腹部的肌肉呈现着栗壳般的黑亮;裤腿卷起,一边高,一边低;脸庞瘦削,神情阴郁。

"这个人是可以挖掘的。"她暗自寻思。

在参观的同时,瞅了个空。黎明很随意地提到了海潮漫溢的问题。松年回答得含含糊糊。

"据了解,从前不曾有过。"

向谁了解的?从前又有谁关心这方面的事情?黎明想继续追问下去。见崔秀跟了上来,就换了话题。

吃过中饭以后,黎明告诉松年,她想跟永军个别交谈。

永军正倚在外面墙边,闭着眼睛剔牙。黎明绕到他面前,轻轻咳嗽一声,他惊了一下。

"可以问你几个问题吗?"她客客气气地。

"问我?你问就是了。"

"你从前贩鱼,一年能挣多少钱?"

永军朝上翻着眼,想了一下:"两三千吧。"

"现在呢?"

"不知道。"

"你估计。"

"估计不出来。"

巧 花

"多还是少？"

"当然是少。"

"那你能不能告诉我，你为什么要参加开发？"黎明移动两步，走到一棵柽柳下面，扶住那姿态婀娜的年轻的树干，"也就是说，作为你个人，有没有什么长远的打算？思想动机是什么？"

"我没有思想动机，也谈不上长远打算。"他直言不讳，语气有点生硬。

黎明笑道："那么你是怎么来的呢？"

永军嘴唇动了一下，停停："我是让那小子骗来的。"

"不可能罢，你这么一个大男子汉，自己没头脑？"黎明有点忍不住想笑出声。

"没头脑。"永军对记者的采访是根本反感的，他不希望她报道这件事，更不愿任何人知道他头脑里想的是什么。

"你既然认为上了当，为什么能坚持到现在？而且，我听你的朋友说，你干的还很不错。"

"不错？哼！我这人就是知错不改，错也要错到底。"他尽力丑化自己的形象，以便使得她无从下笔。可他怎么也想不到，黎明感兴趣的，正是他这种性格。他在不自觉地表演。

黎明懂得，跟他谈话应该适可而止，谈多了他会厌烦。又随便聊了几句以后，很知趣地结束了这次交谈。

接着又跟吉成、瑞龙谈了约半小时。瑞龙照例是吐不出什么的；吉成责无旁贷地都替他说了。

这一次，黎明感觉收获不小，看到了想象不到的景象；对几个人物也有了进一步的了解，但同时，也产生出一点隐隐约约的忧虑，感到从某种意义上说，近三年的开发，是带有冒险性的。由此，她又想起了历史上的围垦和美国西部的开发，得出这样一个结论：开发无不带有冒险成分。开发事业即是冒险事业。这样一想，又不由得肃然起敬起来：是啊，目前中国人缺少的也许正是这种精神。

她决定，如果有可能，今冬明春再来一次。她劝自己沉住气，现在需要的是：等待、观察、思考。

离开农庄的时候，大家送她一程。

永军跟在最后，拉开一段距离。

她不要他们送了，停下脚，向每一个人道别。她向陶永军伸出手："下次来，我们也许能谈得更投机些。我们已经认识了，对吧？"

永军勉强跟她握了个手。

十二

再过几天就要立秋。

前天电台播送台风到来的消息。昨天说是已经到了台湾以东海面，预计中心地区风力可达十级以上。本省沿海将受到台风影响。

天不亮的时候，刮了一阵风，原以为是台风前锋到了。当时松年确实有点小小的紧张，他算了一下日期：今天是阴历七月初二，正是大潮来的日子。如果台风恰好今天到达，情况会是不太妙的。

昨天中午，他到堤上去看，潮位已经很高了。当时就有点担心。这一年半来，有过两次台风大潮靠得很近。因为是处于台风边缘，所以没有造成任何损害。但他不能不警惕。尽管他已经为这事专程到县里去了一趟，从姚工程师那里找到了确实可靠的有关潮水

巧 花

的数字资料，并说服了崔宝善，但那个他最关心的问题仍没有得到解答。姚工程师也不敢说绝对保险，以前这方面一直比较疏忽。叫他自己注意观察。

女记者第二次来又提到漫溢，等于给他再次敲了警钟。他甚至有点懊悔自己当初不应该接受这块地，如果争取一下，是可能拿到离老堤近一点的土地的。为此，他对曹乡长的怨恨又加深了。自打那次和涂县长一起下来看过，后来松年就一直没见过他面。他也许是有意，也许是无意地在松年的希望上投下一个飘移不定的阴影。哪怕是随便想一想，假如发生那样的情况……也能叫人恐怖得战栗起来。而且，愈是在成功的时候，也愈是容易经常想到这些。现在，太晚了，改变这一切都是不可能的。松年唯一可以寄托希望的就是这条大堤——尽管没有资料证明它的完全可靠，但也没有任何资料能证明它完全不可靠呀。

抱着这样的侥幸，他度过了一年半海滩上的时光。

幸好，现在风已经停了。

松年掀开蚊帐，套上汗背心，走到外面去。推了一下永军的门，门是虚掩着的，屋里没人。他走进去看，猎枪不在了。这黑鬼！一早又去打猎了，连个招呼也不打。他总是这样。

近来一段时间，永军打猎不顺利，有时候跑一天也打不到三两只野禽。吉成总爱奚落他，拿起枪瞄瞄："哦，这枪是不行。"其实还是新的。要不就扳开赛虎的嘴："你看这条狗是不是老了？"惹得永军心里直冒火，又不好发作。

昨天，吉成上县里拖鱼饲料，非要拼着永军一起去装货。否则就要他交出五只野禽作为交换。永军答应了。吉成只好把个瑞龙拖去了。

松年提醒永军，说这两天有台风，不要去打猎。他没理会。

吉成他们是昨天上午动身的，到晚也没回来，看样子又遇到麻烦了。饲料公司总是拿架子、刁难，明明有计划，就是不卖。后来还是松年亲自跑了一趟，找涂县长，开了条子才算解决。

此刻，天空是晴朗的，万里无云。太阳刚升出堤面。三、五只燕子贴着草地飞；没有风，甚至还有点闷热。

他登上海堤观看，夜间的潮水已经落下去了。潮水的印迹显然比昨天又要高一点。他听见一片喳喳的叫声，那是一群海鸥在滩上觅食。

永军今天运气不好，他在东大荡转悠了半天，竟然还是空着手，一只野禽也没打到。因此十分扫兴；赛虎也觉得没趣，怏怏地跟在后面。一边走，一边喷着鼻息，时而翘起后胯，滴几滴尿。

前不久，大弟给他送衣服来，带来一封信。收信人：陶永军；发信地址：淮南煤矿。字写得不好，是孔玉芬寄来的。那一会，他激动得浑身发抖，也顾不得弟弟在旁边，慌急慌忙地拆开来看。信写得相当动情，尽管错别字很多，语句也不太通顺，但意思表达得很清楚：她没有推脱自己的过错，承认欺骗了他。但又不是成心欺骗，因为她很矛盾：自己名声不好，在乡里待不下去。若是离婚再跟他结婚，怕往后他也不会对她好。孩子又小，带着不好，丢了又舍不得，实在是没有办法！她在信里乞求永军原谅。劝他趁着年轻，找一个比她强十倍的姑娘，好好过日子。他说季松年是个好人，跟他干没错，贩鱼总不是一辈子的事。看完信，永军哭了，哭得很伤心。因为关着门，松年他们毫不知觉。

永军刚刚愈合的伤口，又开始流血。他不仅原谅了她，反而更

巧　花

加思念她。夜夜梦见她。情绪也更阴郁。越来越喜欢孤独。

远处的芦苇丛中飞起一对海鸭，距离远在射程之外。赛虎低低地吼了一声，离弦的箭一般朝那方向飞奔而去，撞得芦苇秆窸窸嗦嗦直响。永军猛喝一声。它站住了。回过头来支棱着耳朵，迷惑不解地望着自己的主人。

永军已经很疲乏了，早晨动身早，只啃了大半个剩馒头，此时肚子里早空了。不知不觉已经走出三十里地，眼看起风了，天色要变。的确该回头了。他一抬手："回去！"

赛虎遗憾地摇晃着脑袋，悻悻地跑回来，猛然浑身一抖，皮毛踢踏作响，像要抖落一身晦气。的确，它和它的主人很少像今天这样背运。

快十一点了。吉成和瑞龙怎么还不回来？

看着天色变了，季松年不由得焦急。

风呼呼地刮着，越来越强劲；云山从东面海上崛起，雪崩似的向这边滚压过来；雷声在遥远的地方沉闷地轰响。一种大难将临的感觉压抑在心头：来了，来了，终于来了！如果今天能平安无事，往后也就没有什么可畏惧的了。保佑我吧！上天神灵，保佑我！你威武的海堤。这样默默祈祷的同时，松年感情冲动地远远地向着海堤跪下。

绵羊仿佛也预感到灾难的到来，都昂起头咩咩地叫个不住；草地上像滚动着无形的巨轮，草纷纷倒伏，刚直立起来，又倒伏下去；柽柳像一群受了惊吓的女人，披头散发地在风中呼喊；鱼塘清涟涟的水面上泛着鱼肚样的白色的涟漪……偏偏这时候，三个伙伴没有一个在身边，松年感到非常孤独，他需要他们。

头顶上乌云翻滚，偶尔露出一小片蓝天，立刻又被掩盖了。空气中夹着浓浓的雨意；雷声仍在轰响。风又不断加大。现在离涨潮还有半小时。

松年迎风登上海堤，向远处张望：海水比平常要浑浊，不安地摇晃着，跳动着无数浪的峰丘，像一头被钳制的黄毛怪兽，发出沉重的喘息。在那水天相接的地方，则笼罩着一派黑气。

他弯下腰去系鞋带，猛烈的风立刻吹得他衬衣翻卷过来，把脑袋裹在里面。他直起腰，回身下视他的庄园。这一片生命的绿叶在灰暗的天地间瑟缩颤抖，显得那么单薄，那么渺小，立刻就要被吹得飞起来似的。绵羊们可怜的叫唤又阵阵传来。他一阵恐惧，飞跑下去，一路吹着哨子。羊群聚拢过来。他打开羊圈，把它们统统赶了进去。

他希望，什么都不要发生。

永军走累了，坐在一片空地上休息。

这里的芦苇时而稀疏，时而茂密，都被风吹得东倒西歪；干枯的苇叶像被魔鬼驱赶着，在那旷地上迅跑；天空黑压压的。他确信是台风到了，这才又起身赶路。

赛虎低吠着在前面引路。他走着，不知不觉地加快了步伐。过一会，只见那芦苇的根部都是水汪汪的了，午潮已经漫上滩来。不一会就漫过了脚面。他这才想起今天是大潮——平时涨潮漫不到这里的。

早上走得匆忙，手表忘了带，没想潮水上来这么快。永军记得去年夏天有一次也是遇到这样的情况，碰上大潮，搞得狼狈极了，好在已经快到家。等他爬上垦区的大堤，浑身上下都湿透了。

巧 花

他有点慌张,开始磕磕绊绊地奔跑起来,一路溅起的水花。可是,没跑多远,赛虎就站住了。海水淹没了尿迹,它已经辨不清来时的路径了。它抬起头来,茫然地望着它的主人,短促地吠了两声,报告这可怕的消息。

风刮得猛,天暗得厉害。芦苇丛中本来没有路,此刻更是辨不清东南西北。永军踮起脚,企图找寻老堤上的树影,但铺天盖地一人多高的芦苇完全遮住了他的视线,什么也看不见。

雨落下来了,永军浑身上下浇了个透湿,也顾不得了。他凭着风声和潮水涌来的方向判定前进的路线,气喘咻咻地奔跑着。海水已经淹到脚踝以上……

与此同时,在白水荡,丧魂落魄的季松年正裹着塑料雨衣,无头苍蝇一样奔走在他的庄园与海堤之间。

现在是中午,正是涨潮迅猛的时候。风势方兴未艾,在空中发出豺狼般的嚎叫,倾泄的雨点被扯成丝丝缕缕的碎片,飘落下来。

他不敢回到屋里去。刚才,他听见屋架上发出"咯咯"的响声,担心它承受不了风的淫威而倒塌下来。去年盖房的时候,原打算用混凝土结构。后来一算,造价太高,加上钢筋一时又买不到,终于还是盖成了简易平房。桁条是水泥的。松年打算先糊个几年,等条件好了,索性盖楼房。现在看来,又是一个失策!其他都是次要的。万一倒塌,绵羊和兔子就全完了,他能把它们藏到哪里去呢?他束手无策,恨不得用自己的身体去支撑、加固房屋。

当他再次登上海堤的时候,看见潮水已经接近最高水位线,而那肆虐的狂风,仍在驱赶着层层恶浪,气势汹汹地奔腾而来。在堤上溅起一丈多高的浪花,松年站立不住,跟跟跄跄地逃了下来。

海水已经漫到膝盖。陶永军行走已经感到艰难了。水淋淋的芦苇在狂风暴雨中像中了邪般疯狂摇摆着，不时地抽在脸上；一片苇叶从他左眼球上擦过，痛得他怪叫一声捂住脸，好一会睁不开眼。耳朵里只听见远远近近的风声、雨声、潮声响成一片，"轰……"四面八方都是这绝望的喧嚣。他被迅猛上涨的冰冷浑浊的海水包围了！他被疯狂的芦苇包围了：他深深地懊悔今天不该出来打猎。他想起了人们常说的那句话：到了海边不见海，见到大海回不来。不觉一股彻骨的寒意传遍全身。他无论如何跑不过潮水上涨的速度，何况这四下里全是芦苇。尽管如此，他仍不敢停下来，凭着直觉，拨开芦苇向老堤的方向哗哗地疾走。

　　赛虎大半个身子都浸在水里，跟在他身后一蹦一蹿，并呜呜地吠叫着。它想起当初被遗弃在泥坑里的情景。

　　永军看它跟不上了，停下来，将它扛在肩头，继续进行着求生的奋斗。

　　越走越艰难了。水已经淹到他的腰部，阻力很大，忽然脚下被什么绊了一下，颓然扑倒，咸涩的海水呛得他透不过气。赛虎在水里扑腾着。他站稳脚，抹去满头满脸的水，大口大口地喘着粗气，重新把它扛上肩头，这时，才感到已经筋疲力尽了。鬼知道，他正往哪个方向赶！他站在原地不动了。看着一寸寸吞没他身体的这只猛兽，绝望地哀嚎了几声之后，从背后取下猎枪，朝天空扣动扳机，只听见轻微的"咔！"霰弹早已被水浸湿。他知道自己没救了，于是发出声嘶力竭的呼喊："救命哪！！"

　　可这呼喊在肆虐的风雨声中是极其微弱的，有谁会想到，此时此刻，在这茫茫的海滩芦苇荡里，会有一个人和一条狗呢？

　　赛虎也在索索发抖，站立在他肩头，尖利的爪子已经深深地嵌

巧 花

入他的皮肉之中——它也感到了末日的恐惧。

潮水继续不动声色地上涨，他的胸口受到挤压，闷得透不过气。他用力蹬了几下，想让身体浮起来，可脚下碰到的尽是芦苇。

在生命的最后时刻，他想到季松年，想到孔玉芬，深深地叹了一口气："你们坑得我好苦！"

一个浊浪扑上来时，他踉跄挣扎了几下，赛虎落到水里。下一个浪扑上来时，他已经不想挣扎了……

现在，潮水已经几乎与大堤平齐了，每当一个浪头扑来时都有一些海水漫过堤顶，沿着堤坡哗哗地流下来，像黄汤汤的瀑布，流进正在改造中的草地。

松年胸口一阵阵揪缩。此刻，他多么想卧倒在堤顶上——倘若能使大堤增高一寸，他一定会这么做。他已经不相信他今天能够逃避这场灾难了。此刻，生命成了无关紧要的东西。他木然僵立堤顶，直到涌来的潮头把他打倒，像一片木屑那样被冲下去。

泛着白沫的祸水，像一位不请自来的客人，跨着从容的步子，通过这一大片充满生机的草地，扑进清碧的鱼塘。顿时，鱼塘里如同炸开了烟幕弹，尚未长成的罗非鱼纷纷跃出水面，闪着银光又跌落下去。一会儿就平静了。

那台风兴犹未尽，继续嗷嗷地吼叫着，抽打着海和大地。海，震怒地咆哮；大地则阵阵痛苦地呻吟着，哀叹着，忍受这一切。

松年从没膝深的水里爬起来，湿淋淋地站立着。突然，着了魔似的挥舞着手臂，发出撕心裂肺的喊叫："啊……"

喊叫声中，只见那排房屋可笑地扭了一下，一声不响地垮下去……

狂风！暴雨！一片汪洋！

"三兄弟"的狞笑响彻了天地。

亲眼看见一年半来苦心经营的农庄毁于一旦，没有比这更令人痛苦绝望的了。整个世界从松年身边消失了，他的脑袋里一阵麻木，一片空白。

十三

傍晚，风势减弱了。

吉成和瑞龙没有看到那悲惨的一幕。起风的时候，他们刚好赶到镇上，索性就把手扶拖拉机开到崔宝善家门口。那一刻，崔宝善正急急忙忙地在收拾晒在外面的青豆。吉成让瑞龙扯起塑料篷布。自己去帮助叔父。

"唉唉，这风来得不善呐！"崔宝善也几乎是本能地预感到了灾难降临。那次，松年虽然费尽口舌将他说服了，继续贷款了，可他心里一直还不踏实。一根神经时时刻刻牵着白水荡，牵着海堤。总觉得是在冒险。可又总想试一试——若非如此，松年即便有生花巧舌也休想说服他！

从前，在白水荡没围之前，凡有台风到来前一两天，县里和公社的有线喇叭就不停地广播。每次总要组织几万人到堤上去护堤。如果恰巧是初一、十五大潮的日子，人们总是很紧张的。自从有了新堤以后，老堤自然安全多了。特别是八一年的那次强台风以后，人们对新堤更是充满了信心，也就逐渐地懈怠了。对台风、大潮不如从前那么关心。

崔宝善自从走出那生死攸关的一步棋之后，便提心吊胆，一听

巧　花

说有台风，赶紧算日期。早也算，晚也算，今天让他算着了。看着窗外大雨如注，听着外面狂风嚎叫，他百爪挠心，坐立不是。

风刚停，雨未住，崔吉成心急火燎，急急忙忙就要上路，崔宝善拦住他："慢！让我去打探一下情况。"

他赶到乡政府，见曹银海正弯着腰在打电话，于是站在一旁听。

电话里正汇报情况。只见曹银海皱起眉头："讲清楚嘛，到底多少？五分之一到四分之一？那就是说，有两三万亩？边缘……这我知道。破堤没有？没有就好。"他瞥了崔宝善一眼，"喂喂，派个人到季松年那里去看看。晚上给我回电话。"挂上电话以后，转过身来，"你请坐。"并递过来一支烟。

"那边，荡里情况不大好吧？"崔宝善愁着脸。

"没想到，的确没想到。"曹银海坐下来闷闷地抽烟。

"这么说，是完结了？"崔宝善愣愣地直视着前面。

"唉，等他们看了回来再说罢，说不定北边要好一点呢？"

"做你娘的梦！"崔宝善陡然发作了，曹银海吓了一跳，"你这是糊弄毛孩还是怎地？我崔宝善连这点常识都没有？海堤一样高，那潮水还有高低吗？"他脸色发紫，无名怒火烧得七窍生烟，不觉竟将手里的香烟捻成碎末。

"你这是何苦呢？"曹乡长的脸色也很难看，"就这么说吧，等他们汇报以后再说。"他下逐客令了。

崔宝善一跺脚，恨恨地瞪了他一眼，拔腿就走。心想：等那姓季的小子回来，跟他没完！

他前脚走，曹银海收拾一下桌上的东西，随后也就离开了。

十四

两天以后，人们在东大荡的芦苇丛中找到陶永军。天气热，尸体已经开始腐烂了。起先发现的是狗的尸体，波浪已经把它冲到老堤附近。

陶永军的老母闻讯之后呼天抢地，哭得死去活来，松年跪在他面前任其捶打，一动不动像个木头人。永军的两个弟弟也在一旁恸哭不已。那光景，就连铁石心肠的人也难免要心酸。

从前的鱼贩子静静地仰卧在门板上，脸上盖着草纸，手和脚都是焦黄的。

吉成和瑞龙面无人色地坐在一侧的小机凳上。吉成的眼睛瞪得大而无神，早先参加开发，他也曾下了决心，准备和松年一块去踏踏实实地干一番事业，也曾准备去吃苦受累。这一年半来，他没装孬，任劳任怨地苦干，对未来始终充满了信心。可是现在，在这惨痛的失败面前，他冷静了，退缩了。父亲正准备办养鸡场，人手不够。瑞龙已经明确表示，等这里丧事一办完，他就回家。对他们俩来说，损失固然不小，千把块钱外加一年半的辛苦，认倒霉丢水里了，总还不至于伤筋动骨。对松年来说，这一打击却是毁灭性的。在一日之间，他从一个即将成功的新式农场主、未来的小富翁一下变成了破落户、穷光蛋。甚至连穷光蛋都不如！虽有一辆价值三千的手扶拖拉机，可别忘了，他欠着三万元的贷款呐！光那利息就够他受的。

曹乡长考虑到最坏的可能，专门派了两名民兵日夜监视，防止他走上他祖父的道路。

双墩的乡亲们毕竟还是善良的，他们并不拘泥于从前的成见，

巧 花

都来围着松年探问经过,有的还送来了食品。他默默地接受他们的心意,简短地回答他们的问话。他们也发现,从前的"季大夫"现在已经完全变成了另一个人了。致命的打击,使得这位可怜的年轻人面目枯槁几无人形。

永军遗体火化后的那天晚上,人们看到他跟陶母低低地交谈到深夜,似乎在商量一件重要的善后事情。安葬的地点在双墩东面,季修文先生的坟茔旁边,一老一少算是相互有了陪伴。这显然是松年的意思。

当这一切都结束了以后,曹乡长有找到季松年,先是一番劝慰,而后表示自己将尽一切力量帮助他重整旗鼓。其中含义心照不宣。

江淮平原的夜晚,空旷、宁静,秋虫开始在田野里悠长地吟唱;初五、六的月亮虽是弯弯的一钩,却也不吝啬地照耀着人间;桥下的流水轻轻地喧哗着,好像永远也不会停息。

自从松年走了以后,兽医站只有老韩一个人撑着门户。现在松年回来了,仍住原先的东边屋里。一切都没有改变。所不同的是,他带回来一身债务,并失去了一位从小要好的伙伴。这心灵的创痛一时半刻难以平复。他把自己关在院子里,前思后想,痛心疾首。

夜深了,他听见外面轻轻的脚步声。忽然惊悸。与此同时,响起了轻轻的敲门声,那是用一个指关节敲出来的脆响:"笃笃笃。"

他来开门,崔秀站在门头的暗影里,看不清面容,像个幽灵。两人谁也没动,静静地对视了片刻。

"你爸呢?"他终于开口。白天,老头子找上门来将他臭骂了一顿,说明天再跟他算账。算什么账呢?他们现在是在一条独木舟上了。

"他睡了。"

"我以为你不会再见我。"

"你把我当什么人了！"

两人的语气都很平静。停停。崔秀像有点疲乏了，换了个稍息的姿势："那个记者给我写信，说她十一月底来。"

"可惜她什么也看不见了。"松年的声音里不无遗憾的成分。淡淡的月光照着他的脸，灰灰的。

又过了好一会，她垂下眼去："他们说，你会寻死。"

"寻死？有你，我永远不会。"

崔秀不语，双眸在黑暗中星星一样地闪烁，许久，她静静地依偎在他胸前，抽泣着。他不知道该说什么，只紧紧地将她拥抱。

天地一片寂静。

巧花

上篇

举贤坊的老汤夫妻年逾七旬了,五个儿女全在外地工作,膝下竟无一人,老夫妻苦了一辈子,像做了场儿女梦,到头来只落得相看两不厌。前不久,广东的大女儿兰桢回来探亲,临走给父母请了个小保姆,说定一切费用由他们姐妹兄弟共同承担。邻居们说,老两口这才算享到了儿女的福。

其实,这样说真是委屈了兰桢和她的弟妹,做儿女的,都想把二老接到自己身边,至于何以竟不能实现,其中的原因就没法讲清楚。况且老人自有老人的想法和选择,未必都是儿女的过错。

按说,老汤和他的妻子并不需要小保姆,他们虽已年高,身体却并不龙钟,一般家务活尚能够料理;偶尔有点不方便,任何一个邻居都乐意帮忙。老两口为人忠诚笃厚，邻里关系一向很好，除了稍感孤寂，其他倒也没什么。

可是从儿女方面来说，父母年纪毕竟大了，万一有个闪失，休说别人怎么议论，他们自己也于心不安呀。也不说孝敬不孝敬，总得要想办法尽点儿女的心意，营养滋补品一包一包地往家寄，摞在柜头上像个小山丘。老汤根本就不相信这些东西真能延年益寿，放那几年碰都不碰，反而成了累赘。儿女们揣酌：父母最需要的是什么呢？当然最好是有人服侍，照顾饮食起居，于是便决定请个小保姆。这事由兰桢一手操办，主意也是她想的，不管父母是否同意，硬塞给他们一个小保姆。

小保姆名叫巧花，模样俏俏的，看上去倒还叫人喜欢：安徽人，头一回出来帮佣。据她说，家在乡下，念完初中以后，面前只有两条路：要么继续读高中，要么回家当名小学代课老师。当教师她没兴趣，考高中虽然问题不大，但高中毕业能不能考上大学就没有把握了，初中的课程已经让她感到有些吃力，所以认为自己不是那块料。

面临选择的不是她一个，女同学中有人提出去南京当小保姆。连续好多天大家都在议论这事。刘巧花一时拿不定主意，两位比较要好的同学已经先行动身了。巧花村上也有女孩子在南京帮佣，听说混得还不错：工钱虽然不高，但可以管吃住。遇到好的雇主，还给做衣服。巧花家里倒没什么牵挂，父母身体都健旺，种田并不忙，她下面还有三个小公鸡头，日子过得不好也不坏。在她心目中，南京是个梦幻般的大城市。她有一位没见过面的大姑就住在那里。大姑从小跟父亲不和，几十年都没有来往。据说当初被一个男人拐了离家出走，后来又传说被卖了，没想到竟做了共产党的官

巧　花

太太。巧花的父亲是有名的犟牛，大姑回来过一次家，他理也不理她。大姑从此就不来了，信也不通。可是眼下，巧花想去投奔大姑作个落脚，跟母亲商量，母亲知道有个远房表兄跟大姑通过信，这样，巧花也就有了大姑的地址。

姑父一年前去世了。从家里摆设看，姑父在世也不是什么大官，照片上是个大胡子，腮帮刮得青青。大姑说他死于心脏病。大姑老了，见到娘家侄女，倒是欢喜不尽的样子，问了许多家里的情况，末了说："你家老子真是个犟种。"

巧花觉得大姑非常和蔼可亲，她跟父亲不好，肯定错在父亲。父亲对家里人也是从来没点笑容的。作为长女，她只是跟母亲较为贴心。

听巧花说来南京想帮佣，大姑便有点踌躇，有心想给她找个好工作，苦于是个农村户口，养在家里也不是办法。大姑自己有三个女儿。小女儿一年前通过招聘在一家宾馆做了服务员。城市姑娘就业机会还比较多。巧花虽然长相不差，可是从小生活在农村，怎么看都多少有点土气，暂时帮佣倒有助于她逐渐适应城市环境。这么想着，大姑便同意帮她想办法。

大姑没让巧花去保姆介绍所登记，自己和三个女儿留意打听。她要对侄女负责，不希望巧花给年轻夫妇帮佣。她深知年轻人不好侍候，再说巧花没有带过孩子，万一有点差池，受了委屈都无法说；要是碰上个不怀好意的男人，那就更糟。

不用说，老汤家是大姑最合意的。大姑亲自送巧花来，跟两位老人及他们的女儿说了一番托付的话，彼此都满意。此后，过一段时间大姑总要来看一次，问问侄女表现如何。其实她能看得出来，巧花是颇得两位老人欢心的。有时候，老夫妻俩也去大姑家叙叙，两下里竟像成了亲戚。

本来就没有多少家务事，巧花手脚又勤利，两位老人也不肯闲着，一点事都抢着做，做完了便无事可干。好在上午也有电视节目，21寸彩色电视，色彩鲜艳，图像逼真，巧花看到着迷。自己家里连个黑白电视都没有。

老汤和他的老伴对电视兴趣不大，有时候出去遛遛，找人聊天。巧花就一个人看家，看电视，晚上也看，一直看到所有的电视节目全部结束。冬天冷，老汤说，把彩电搬到巧花屋里，让她坐在被窝里看。他们睡得早，九点钟就关灯了。

巧花生病了，老夫妻俩端汤喂药，嘘寒问暖，又陪她去医院挂盐水。亲生父母也不过如此了。巧花很感动，真的流了眼泪。

邻居们都说，老汤夫妇又抱了个小女儿。

对门刘阿姨有时候过来串门。刘阿姨毛衣织得特别好。巧花就跟她学了几种花样，把两位老人的新旧毛衣一件件拆了重织，针法和款式都是最新的。女孩子心灵手巧，很快就打得娴熟，看电视手也不停。有时老汤坐在电视机前，眼睛却盯着巧花的手，寻思：这双小手怎么这么灵？他自己的两个女儿都笨手笨脚，不仅织得慢，式样也很一般。

巧花发现老人在看她，娇媚地一笑，手下更是飞针走线。新毛衣织好了，又厚实又好看，穿在身上心里暖暖的。老汤站在镜子前左照右照，自觉变得年轻了。

"伯伯，妈妈，满意不？"

"太满意了！我的小女儿手艺没话说！"老汤不止一次在人前称她小女儿，说时两眼笑成一条缝。巧花这时便愈显娇憨，将那毛衣这里扯扯，那里拍拍，真觉得两位老人就是父母了。称呼也就不

巧　花

知不觉地改为"爸""妈"。

前几个月，工钱她收下了。关系发展到这一步，巧花就不肯再要工钱，并不是因为拿了钱就意味着她仍是个女佣。巧花是个有良心的姑娘。她觉得自己实际上没做什么事，有吃有住有穿，日子过得舒服，再拿工钱就不大说得过去。见她执意不肯要，老汤的老伴说："也罢，我们替你留着，要用就在我这里拿。"

其实，日常开支，老人几乎全部交给她了，对她放心，从不盘问。巧花也学会了当家算计，合理安排每天的伙食。从电视上，她学到了一些关于营养和烹调的知识，经常变换花样，米、面和杂粮交替，这样对老年人的健康有利；一般的菜，也能做出新的花色。她还经常不断地买些水果，洗干净削了皮放在老人面前，他们就不得不吃。

巧花喜欢上农贸市场，挑选最好最便宜的买。她还会还价，每次买菜回来都得意洋洋。

老汤夫妇上街经常给巧花买件把衣服，希望她打扮得漂亮，更像八十年代的年轻人。刘阿姨的女儿是典型的新潮少女，小名叫圆圆。圆圆乐于给他们做参谋，教巧花如何打扮。原来俊秀的巧花经她一摆弄，果然像个地道的城市姑娘了。

圆圆说巧花的举止还需要再开放一些，带她去了回舞厅。在这以前，巧花见也没见过舞厅里面是什么样子，那五颜六色闪烁变化的灯光，那具有强烈节奏感或是情意绵绵的乐曲，那双双对对搂在一起鱼一样在舞池里游动的少男少女，都使巧花头晕目眩，倍感压抑。她自始至终坐在角落里面孔发烧。圆圆要教她，她说什么也不肯。

巧花的心底是甩不掉自卑感的。在这里，她和城市的距离似乎一下又拉远了。其实她心里也明白，大可不必这样拘谨，谁也不会问她来自何方,任何人在这里都可以尽情地潇洒,尽情地快乐。然而她却不行,说不上来为什么。

圆圆跳得舒展自如,优雅大方。换一曲迪斯科,她又蹦又扭,浑身是劲,通体焕发着青春的活力。一会换个舞伴,她边跳边打榧子,那种如鱼得水的劲头令巧花羡慕不已。

后来,巧花先回去了。她受不了那里的压抑,宁愿回去陪伴老人。

之后,巧花连续多日闷闷不乐。老汤和他的老伴都不知道为什么。到大姑那里,巧花也是萎靡不振的样子。大姑觉得蹊跷,问她,却什么也不肯说。大姑绝不认为她会受什么委屈,天底下没有比这对老人更好的人。她叫小女儿碧云跟巧花谈谈心。

碧云就是在宾馆工作的,最近调到外宾部,工作清闲,而且时常能得到客人赠送的小礼品。她送给巧花一套法国化妆品和香水。巧花喜欢,又说可惜自己用不上。

碧云也问不出什么名堂。巧花只说:"反正,我觉得自己应该知足了。"

离开大姑家,碧云送了她一段路。巧花忽然觉得心情开朗了,想到自己有一个幸福的家,有两位慈祥可亲的老人,她认为自己没有任何理由不开心。她相信自己是小保姆中最幸运的一个。她一直没有见到家乡的那几个同学,也得不到她们的消息。有一回,她从市妇联门口经过,看见一大群乡下来的女青年无精打采地在那里等待受雇,想看看里面有没有熟悉的面孔,却一个也没找到。她料想她们的处境决不会比自己好。

巧花到南京已经一年多了,刘阿姨说她变化不小。巧花自己也觉得变了,但不知道刘阿姨指的是哪方面。她的体重比原来重了好

巧　花

几斤，身材显得比以前更成熟，胸脯和臀围增加了一圈，腰倒还是那么细。圆圆特别羡慕她的身段，说自己要有这样的身材就绝了。

第二年冬天发生了一件意想不到的事。老太太上街买酱油，在楼房拐角处被一个莽撞的小男孩骑车碰倒了，地下滑，当时摔坏了股骨；虽然骨裂，不算太严重，却也在床上睡了整整一个冬天。大小便都不能下床，老太太吃苦是不用说了，老头子和巧花也整天忙得团团转。多一个病人，少一双手。这时候，巧花是真正地起作用了，从端屎端尿洗脸擦身到配合治疗，利手利脚，井井有条，就跟个训练有素的小护士一样。老汤也能做，却终不及她干得清爽。人一老，不免有点脓脓拙拙。

老伴说："有巧花在这就行，你忙别的罢。"

于是，老汤主要工作就成了跑外勤。

巧花说："爸，这个月大米还没买。"

"好好，我这就去。"

"顺便把粮票拿回来。"

"那是当然。"

"爸，你不能骑车，只能推着走。"巧花把钱、粮证及米袋交给老汤，又找了一根布带，叮嘱把米捆牢；最后，急急忙忙地又给他一个塑料袋，"经过农贸市场买一把韭菜，中午吃水饺。"

"好好好，知道了。"老汤不打折扣地一一照办。他这人以前在单位里也是顶好说话的，向来乐于从命。

就在这不知不觉中，巧花养成了支派老人的习惯。

春节过后，老太太的骨伤基本痊愈，医生说可以起床了，大家都松了口气。巧花在阳光灿烂的时候搀扶她到户外活动，仍旧一步不敢离开。

邻居们见面都祝贺："好多了吧？汤大妈，能起床就没事了。"

"好了，好多了，谢谢谢谢！"

"小女儿这次得力了。"

"是啊是啊，多亏了她照应。"说时眉开眼笑。

巧花也觉欣慰。现在，她的命运和两位老人交织在一起。老人离不开她，她也离不开老人。如果说，原先她是扦插在这块沃土中的一根枝条，那么，现在可以说她生命的根须已经深深地扎进这片土地中了。她甚至没有想过这一切能否持久，也不愿想，以致后来再回忆起这一段时光便忍不住热泪盈眶。这是她一生中最幸福、最温馨、最无忧无虑的时日。

圆圆家买了一台"熊猫"牌双卡收录机，她把巧花拉到家里教她跳交谊舞。巧花勉强推辞了一下，心里却很想学。老汤知道她心思，便在一旁鼓动："让圆圆教你不是蛮好吗？年轻人跳舞也不是坏事。我是老了，要不然，也想学呢。"于是，巧花羞羞答答地开始学走四步。四步很容易掌握。圆圆接着教三步。走了几遍，巧花觉得一点都不难。

圆圆说："多练练，掌握节拍就行了。等熟练了以后，我再教你探戈、小拉、迪斯科。迪斯科最容易了，狗都会跳，上去瞎蹦也没人笑你。"又说，"在家跳没气氛，还是上舞厅带劲儿。今晚我们一道去？"

巧花不语，看看老汤。

"去吧，去吧，去玩玩。"老汤鼓励她。

"可是，我想等熟练一点再去，免得让人家笑话。"

"咳，谁笑话你呀！各人跳各人的，都是从不会到会嘛。我保

巧 花

证你跳一回胆子就大了。"圆圆完全出于一片热心。

巧花没再推辞。

进了舞场,圆圆只带她跳了一支曲子,随后便介绍了一个穿一身牛仔服的小伙子跟她跳。巧花有生以来第一次让男孩子搂着腰,抓着手,紧张得透不过气来,觉得自己几乎要晕倒了,手心、嘴唇都冰冷的。那小伙子却是舞场老手,跳得棒极了。巧花全然不能自主地跟着他旋转、进退,身体飘飘悠悠像一朵云彩。至此,她才知道,原来女孩子学跳舞是很容易的。

两支曲子跳过之后,感觉渐渐放松了,开始体会到某种美妙的欢悦。异性接触产生的那种低压电流通过身体般的轻微麻木使她忘记了周围的一切。

回到家,两位老人早已入睡了,桌上的草焐子里给她留了夜宵。直到她脱衣上床,睡下了,舞曲的节奏仍在身体里搏动。

她几乎要迷上跳舞了。此后,每隔三五天,圆圆总要带她去一回。进舞场要买票,五块钱一张,这对巧花来说太贵了;尽管他们从没在钱上跟她计较,总是加倍地给她,但巧花却不愿做得太过分。后来有了熟悉的舞伴,她就不向汤大妈要钱了。那些小男子汉没有别的本事,为女孩子花钱却很舍得。

老汤和老伴暗暗吃惊,也欢喜,但欢喜之中又夹着一丝忧虑。

汤兰桢出差路过南京,顺便停留两天,看望父母。到家已是晚上十点多钟,灯已熄了。她敲门,两位老人睡里间,隔两道门,听不见。兰桢又敲,足足过了两分钟,才听见里面开灯的声音。

老汤披着衣服来开门,一见是女儿,又惊又喜:"兰桢,你回来啦!老太婆,兰桢回来了!"

"喔，兰桢哪，事先怎么也不打个电报？"汤大妈在里面急急忙忙地爬起来。

"来不及，我是路过。"兰桢催父亲快上床，当心受凉。母亲已经坐起来穿衣服。见到久别的老父母，兰桢心头酸酸的，不免问长问短，说母亲跌伤的时候，她工作正忙，实在走不开。

母亲说："大老远的，要你回来做什么，有巧花就足够了。"

"丫头呢？睡了？"兰桢进门时就觉得奇怪，为什么小保姆不起来开门，当真一睡倒就睡得这么沉？

"出去玩，还没回来。"

"这么晚还在外面玩？去哪里？"兰桢有点吃惊。

"对门圆圆拉她去跳舞，刚刚学会。"老汤见女儿有了怒色，解释道，"女娃儿家，老闷在家里也不行。我们同意她去的。"

"是不是经常这样？"

"不经常。"

"回来这么晚，谁给她开门？"

"她身上有钥匙。"汤大妈穿好衣服下床，"这里正好有点剩饭，留给巧花的，你先吃，我再给她热一点。"说着掀开草焐子，给她盛了一碗，又端出菜来，放在桌上。

兰桢却不想吃。她不明白，这是怎么回事，到底是谁伺候谁？正想问个明白，巧花回来了。兰桢听见她在门外跟圆圆说话，接着就用钥匙开了门。

巧花一见兰桢，满脸惊喜的样子："大姐，你回来啦！"扑上前抓住兰桢的胳臂，亲热得不得了；见那一位笑眼上下打量着她，又忽然有点不自在，"我变了，大姐你说是吧？"

"是变了，漂亮多了。"兰桢是个见过世面的人，还不至于见面

巧 花

就拉下脸。其实照她的年龄可以做巧花的母辈,她的儿子都已经大学快毕业了。不过她并不想在这种小事上计较。农村来的女孩子毕竟幼稚,想不到这一层。

"你跳舞,学了多久啦?"

"没多久,大概有两个月了。"巧花说的是老实话,话说出口,神情却又显得有点惴惴。

"那你跳得一定相当不错了。"兰桢仍笑着说,没有半点不悦之色。她笑的时候,眼角显出点鱼尾纹,却仍不失风韵。

"大姐这件风衣好漂亮,是港货吧?"

"不,是广州产的。"

"那边的式样就是好。圆圆有一件,是她爸爸在深圳给她买的,好贵哩!"

"高档的贵。我这件,算不上高档。"

"我看够高档的了。大姐你穿这身衣服特别好看,像个电影明星。"

尽管巧花左一声右一声地恭维她,兰桢心里却越来越不是滋味。她发现母亲在厨房里忙,小保姆却坐在这里跟她闲扯,忍不住站起身:"妈,你上床吧,我自己来。"

巧花这才有所省悟,按住兰桢:"你坐着,我来。"

老汤问起女儿跟她丈夫的事。兰桢的脸沉了下来,一言不发。老汤开导她:"男人脾气大一点,你要善于原谅他,不要硬顶。伤了感情,今后日子就更不好过。夫妻之间有什么原则纠纷呢?总要一方忍让。现在不谈什么妇德了,不过你也不能太要强。"

父亲太善良了,他认为女儿就应该多点阴柔,才能化解男人的火气。可他不知道,她那个混蛋丈夫也太"阳刚"了,搞了女人还理直气壮。她的家庭曾面临危机,要不是为女儿着想,她早跟他一刀两断。回到家,她有种鸟儿归巢的感觉。她很疲倦。作为长女,兰桢过早地离开父母。和弟妹们比,她得到父母的温暖要少一些。她也了解自己的父母,并从刚才的生活细节上完全能想象出小保姆如何填补了她和弟妹们留下的空间。

这一夜,她和巧花抵足而眠。临睡以前,巧花还兴致勃勃地说东说西。她说不早了,睡吧,屋里才安静下来。现在,兰桢开始思考自己当初一手操办的这件事是否正确。如果现在睡在那一头的真是自己的妹妹,倒也罢了;或者再退一步想:小保姆若真将两位老人当作自己的亲生父母,倒也不算坏事。问题是:可能吗?换在20多年前,她也许会抱有这种希望,但在经历了许多人世险恶之后,兰桢是绝不相信有这可能了。

早晨,她睁开眼的时候,巧花已经穿好衣服了。

"姐,你再睡一会,我去买菜,今天中午给你接风。"

兰桢一笑,有点感动。

"妈,你把冰箱里那个红色的保鲜盒腾出来给我。"巧花开抽屉拿豆腐票。又说,"等会烧一壶开水,我回来要烫鸡。"

母亲在那边答应。

"这个月的豆腐票怎么一张也没有了?"

"大概是用完了,我买过两回素鸡。"

"我只好买私人的豆腐了。"巧花嘟嘟哝哝关上抽屉,又到卫生间那拍拍门,"爸,您大便呀,我胀死了。"

"就好就好,你稍等一分钟。"

兰桢知道,父亲经常便秘,这次回来特地给他带了两大瓶大黄苏打片,据说很有效。起床以后,她忍不住问母亲:"家里的事都是哪个做主?"

巧　花

母亲好像从来没有想过这个问题，说："有什么做主不做主，拢共三个人，该怎么就怎么呗。"

"我怎么觉得是她在这里当家？"

"她能当家有什么不好？"父亲正在洗脸，"我和你妈乐得省心。兰桢啊，要相信人，心胸开阔一点。巧花也是为你忙。你回来，她高兴嘛。"

兰桢无语了。丈夫曾经不止一次指责她心胸狭隘，难道真是这么回事？揭开锅盖，看见一锅香喷喷的大米粥，她立刻又变得愉快起来。广东人喜欢吃粥。可是与此地的粥不同，肉粥鱼粥稀得像面汤，不像母亲煮的粥这般清香稠糯。兰桢很长时间没吃到母亲煮的粥了。平日时间紧，她早晨多半吃烫饭；星期天比较从容，可是自己煮出来的怎么也没母亲的好吃，也许是因为水质不同罢。她迫不及待地拿碗来盛。

父亲说等一下，等巧花回来一块吃。

兰桢稍一愣怔，放下碗，啪地盖上锅盖。

按说，人到齐吃饭是家里的传统。可是小保姆不在，大家都等她，这就未免太认真，保姆毕竟不能算家庭的正式成员。父亲这么做无疑是扫了她的兴。刚到家就碰到这么多不愉快，自己作为亲生长女，在父亲心目中的地位究竟如何？

她闷闷地坐在一旁生气。

老汤似乎并无察觉，倒是老伴看出来了。

"兰桢，你要是饿就先吃。"

"我怎么会饿呢！"她早就气饱了。

等了一会，巧花兴冲冲地回来，满满一篮子菜，另一只手提着一只老母鸡。

"姐,你猜这只鸡花多少钱?"

"十块?"

"没——有,那人要三块钱一斤,我还到两块六,这才八块五毛钱。不要看个头不大,肥得很!"说时放下鸡,到水池那儿去洗手,一边还掉过头朝兰桢笑,一副天真无邪的样子。

兰桢有点儿惭愧。

吃过早饭,巧花开始杀鸡剖鱼。兰桢要帮忙,她硬不让插手:"姐姐歇着,今天你是客。"

"我怎么成了客人?"兰桢诧异了:难道你倒成了主人?莫名其妙!这丫头,话都不会说。她也知道巧花并不是那个意思,但听起来总觉刺耳。兰桢到卧室去看报纸,看了几个标题,又听见巧花在那招呼母亲择豆芽。她不觉又皱了下眉头。

这还不算,更来气的还在后面。她听见父亲问:"要不要我做什么?"

"哦,你去拿牛奶。刚才我忘了带奶瓶。"

岂有此理!兰桢几乎是勃然大怒了,就这么一个早晨,她亲眼看见小保姆随心所欲地支使自己年迈的父母。他们居然也就甘心情愿地受她支派,还要向她请示,这成何体统!

不能再这样下去,必须结束这一切。兰桢毅然放下报纸,走出卧室:"爸,我跟你一块去。"

老汤不去想女儿为什么要跟他去拿牛奶,以为她只是闲着没事,出来遛遛。

出门没走几步,兰桢站住了:"爸,我问你一句话:平时牛奶谁去拿?"

"随便,巧花拿得多;她起来迟,就是我或你妈去拿。你问这

巧 花

干吗？"他觉得她问得奇怪。

"这样不行。"兰桢跟父亲面对面地站着，"我们请小保姆是为了让她服侍你和妈。可是现在，明摆着成了她支派你们，这不是反客为主，主仆颠倒吗？"

老汤哈哈一笑："兰桢啊，讲主仆就难听了。我跟你妈这辈子从来就没想过要使唤仆人。"

"可她确实是仆人！"兰桢语气坚定，"我们出钱，不是为了给你们找个管家，更不是让她来指手画脚。这样下去不行，我要把她辞掉！"

她这样说，似乎是为了提醒父亲，她才是这丫头真正的雇主，她把她雇来，自然也有权请她走路。

"桢儿，你不要胡来！"老汤脸上陡变，"巧花跟我们相处得不错。现在我和你妈都离不开她。去年冬天，你妈躺床上不能动，不全亏了她日夜照应！不信你问问邻居。"

兰桢说："这是她应该做的。请她来，就是为了照料你们的生活，预防万一，总不能让她白吃白拿。我从来没见过哪家小保姆像她这样指手画脚，打扮得像个小姐，晚上还出去跳舞。这全是你们宠的！"

"就算是我们宠，也因为她对我们好。小保姆也是人啊，凭什么就一定要低人一等？兰桢你想想，十七八岁的女孩子，一个人出来闯，又没有什么社会经验，我们对她多爱护一点，这有什么不好呢？她把这里当作自己的家，把我们当她的亲父母，把你当成亲姐姐，这不是很好吗？何必要她低声下气，俯首听命？要真是那样，我和你妈反而会感到很不舒服。你最好能站在我们的角度想一想。我知道你从小要强，正因为这样，你才会经常遇到一些不顺心的事。

桢儿,听你爸一句话:为人处世,千万不要太较真,随和一点。"

兰桢不想跟父亲争论,可她心里已经拿定主意。她这人向来如此,一旦做出决定,谁也别想改变她。她要找巧花的大姑谈谈。她知道巧花大姑的住处。

巧花怎么也没有想到大姑是来领她回去的。一进门,她就看出大姑神色有点异样。虽然脸上也带着笑,像平时见到老汤夫妇那样跟他们拉家常。可大姑语气里多了点客套,随后就向他们表示抱歉,说巧花给他们添麻烦了。

都感到有些纳闷。巧花呆呆地站在一边,不知道大姑今天为什么这样客气。两位老人也频频交换困惑的目光。独有兰桢热情沏茶,放在大姑面前。大姑一口也没喝,坐了一会,对巧花说:"把自己的东西收拾一下,跟我回去。"

巧花大惑不解:"回去干吗?"

"到家再跟你说。"

"就在这里说不行吗?"巧花好像意识到某种不祥。她惊恐地看着兰桢,又看看老汤和他的老伴。

两位老人也傻了,转脸见兰桢已经进了卫生间。

"这这,这是为什么?!"老汤站起来,言语有点结巴。

大姑说:"不为什么,家里有点缘故。老汤伯伯,多谢你和大妈这一年多来照应这孩子,我替她父母谢谢你们了。"

"大姑,我们家出了什么事?"

时至此刻,老汤心里已经明白了,高声道:"兰桢,你出来,把这事跟我讲讲清楚!"

"爸,我已经跟你说过了。"兰桢在卫生间里回答,声音很平

巧　花

静，并不开门。

"但是我怎么跟你说的？你怎么能背着我们这样做？"老汤对着那扇没有表情的门发火。女儿的独断专行使他震惊，也使他愤怒。

巧花也明白。她开始低低地抽泣，不知道自己犯了什么错误，得罪了这位"姐姐"，也不知道这事能不能挽回。卫生间的门终于打开了，兰桢没事一样走出来。巧花抢上前扯住她的胳膊："大姐，我哪里做错了？你跟我说，我一定会改正的。姐，你不能原谅我一次吗？"

现在巧花知道，兰桢就是她的"上帝"，现在做任何辩解都没有用，只有用真诚的哀求来感动"上帝"。她实在舍不得离开这个家。况且，这一切来得这么突然，她没有半点思想准备。

大姑却不愿为自己的侄女搞得人家父女尴尬，便对兰桢说："大姐，我先带她回去，麻烦你帮她收拾一下东西，隔天我叫她表姐来取。"说罢，拉着巧花便走。

巧花知道没有希望了，便放声大哭。她泪眼婆娑地朝老汤夫妇鞠了一躬，身不由己地去了。

"巧花，你放宽心，暂且回去。"汤大妈颤巍巍地跟在后面，也是热泪盈眶。

老汤兀自站在原地，气得脸都白了："兰桢兰桢，你这是干吗呢？！你这样做是不对的！！"

兰桢却不做任何解释："我到妇联去给你们另找一个小保姆。这一回，我要跟她交代清楚。"

"你呀，你就不要再费心了！我们也不需要你们再寄钱来。"父亲手抖抖地拿起茶杯，又放下，又移动一下椅子，却没有明确的意向。接着气呼呼地坐下去。

兰桢安安静静地站在他面前，过一会才说："爸，做女儿的没有资格告诉你们该怎样做人。但我心里清楚，你和妈这辈子太老好人了，受人欺侮自己都不觉得。我今天这样做没有征得你和妈的同意，冒犯了。可我是迫不得已。我知道跟你们商量不会有任何结果，这一次时间又紧……不过，我确实是为你们着想。这一点爸爸你应该理解。"

"是啊是啊，我也相信你是为我们着想，可还有你没有想到的哩！兰桢啊兰桢，我总算知道你老是磕磕绊绊，那么多不顺心的事。你主观武断，只相信自己的判断。别人的话你是听不进去的。就眼前这件事来说，你办得也是糟透了！你不要说了。"

兰桢脸部不自然地扭动了一下，勉强做出一点笑容："好，我不说了。"

巧花有生以来第一次尝到了被辞退的滋味，她感到自己似乎连血带肉地被扯下来了，从那个就像上辈子就熟悉的家里被赶了出来，住在大姑家，反倒有种寄居感。事后，老汤夫妇双双登门请她回去，说大女儿已经走了。大姑却执意不肯。她是个懂得自重的人。

巧花告诉老人，表姐碧云给她在宾馆里找了个临时洗碗的差事，过两天就要去上班了，其实她心里很想回去，不图别的，主要是舍不得二位老人。

大姑事后跟她讲：她原先料到这景况不可能长久，人家不是没儿没女。只不过她没想到结束得这么快。她安慰巧花："想开点，没有不散的筵席。既然辞掉，就算了。碧云那里你先干着，大姑再给你想办法。"

巧花点头，不过她仍旧不知道自己错在哪里，认定汤兰桢就是

巧 花

个笑面虎。

表姐碧云同情巧花的遭遇，同时也给她一个忠告：对什么都不要抱过高的企望。碧云是个沉静安详、安分守己的姑娘，长的雪白干净，是个典型的小家碧玉。碧云的两个姐姐，一个已出嫁，另一个正在谈对象。

老二碧叶长得没有妹妹好看，但端庄大方，气质很好。巧花回来住，碧叶只好跟母亲睡大床。碧叶的未婚夫是工人，忠厚老成，相貌挺帅。碧云对他印象很好，但只可惜是个普通工人。碧云条件比姐姐好，择偶标准也高。她希望找个有专长的技术人员或是大学教师什么的。因为参加工作不久，年龄小，她可以慢慢物色。

春天是旅游旺季，外宾一年比一年多，宾馆效益也很好，奖金比工资还高。餐厅洗碗人手不够，碧云很容易给巧花某了个临时工，报酬也不低，每天五块钱。这对巧花来说是笔了不得的收入，如果能干长倒也不错。巧花已经有了一笔积蓄，老汤夫妇事后将她一年多来的工钱一分不少地如数送来，因为有言在先，她也没怎么推让。这样，她就有了将近600元，寄一半回家给父母，另一半存银行，以备自己将来筹办嫁妆。

洗碗的活很累，一天干下来，回到家腰都直不起。两手长时间泡在洗涤剂里，皮肤起皱，后来发了橡皮手套，好多了。

圆圆陪着一个男孩来找巧花，问她去不去跳舞。巧花累得不想动，哪里还有跳舞的兴趣！她现在要挣钱谋生。圆圆什么也不愁，巧花不能跟她比。巧花曾经跟那个男孩跳过几回，觉得他略有点油气，但并不讨厌。巧花不去他表示遗憾。白天干活的时候，巧花有时也会想到舞厅和从前的舞伴，想起来会不觉地露出一丝苦笑。

老汤夫妻在巧花的生活中渐渐远去。她偶尔也会买点水果去看看他们。老人生活得依然平静，他们的确不需要保姆。

下篇

几个月以后，本市一家更豪华的四星级大饭店落成开张，地势和设施均甚优越。原先几家宾馆的业务顿时下落。碧云她们这才体会到什么是竞争。

洗碗用不了那么多人，巧花又失业了。

一个多星期以前，刘阿姨就曾叫圆圆来告诉巧花：有个同事要找人带孩子，如果她愿意，就给她介绍。巧花谢绝了，当时想不到形势变化如此快。现在，不知道那家是否还需要？

晚上，碧云陪巧花去刘阿姨家。先敲老汤家门，没敲开。刘阿姨说，老两口每天晚上去跟人家学练气功，老头子经常练着练着就睡着了。巧花当然能想象出老人的那副憨态，只想笑。

说明来意后，刘阿姨答应明天再去问问那个人，晚上给她答复。

当天夜里，巧花做了个梦。梦见自己带两位老人去她家乡无为县城，在街上吃牛肉锅贴；后来又到她母校那个中学。学校门关着，附近没有一个人，老汤就从铁栅栏门上翻了进去把门打开，说自从练了气功以后身轻如燕。巧花不相信，就从后面托他的腰，老汤果然轻得像张纸。她心里忽然害怕起来：一个活人，怎么会轻得一点分量都没有呢？

他们又逛商店。老汤不想进去，站在门口等她们。巧花走着走着，不知怎么就成了自己一个人，到外面看，老汤也不知去向。她心里着急，四处寻找，后来在一家油条铺门口发现老汤正在跟炸油

巧 花

条的拉呱,还把衣服翻过来在里面找虱子。后来大姑从里面出来了,说炸油条的就是姑父,她现在当了油条店老板娘。

姑父又老又丑,一点不像照片上的样子。

醒来时半夜,巧花觉得这梦做得好生荒唐。碧云咯吱咯吱地磨牙,哼哼唧唧不知道说了句什么话,好像也在做梦。

次日,巧花把自己的梦讲给大姑听。大姑愣住了,说姑父当兵以前确实炸过油条;这事连碧云姐妹都未必晓得,巧花怎么会知道?

这梦是有点蹊跷。

大姑又说,梦见人轻如纸,就怕是不吉之兆。她叮嘱巧花,遇见轻薄男人,千万不要搭识。

巧花记住了。

圆圆带话来,叫巧花明天早上八点半在长江路口等着,刘阿姨带那个同事来见见面。大姑问那家情况,圆圆说不清楚,只记得好像听她妈说那女的姓何,大概是住在部队里面。

大姑说,既然住部队,想必男人是个军官。军人不至于轻薄。可她仍担心巧花带不好孩子。巧花说她喜欢小孩,一定能带好。年轻的家庭对巧花有一种吸引力。她想知道城里年轻夫妻怎样生活,而且自信能够被对方接受。

见面之后,那位何阿姨果然对巧花满意。何阿姨还不到30岁,瘦瘦的,一口标准普通话听起来很悦耳,像广播员的声音。

何阿姨丈夫是军事院校的教员,家就在学院里面。小男孩一岁半,名叫军军,巧花一看就喜欢。这里住房有点像从前的兵营,全是一溜排的平房,间距很宽;门前空地有的种点蔬菜,大部分空着,也有人家门口栽点鸡冠、凤仙之类的花草。白天大家都去上班,很少有人在家,像是与世隔绝,静得一点声音都没有。巧花不太喜欢这种农村一样的寂静,她更喜欢闹嚷嚷的里巷生活,不过这种想法不便说出来。

何阿姨又带巧花到她父母那里去,她父母也住在学院里面,走去不过十几分钟;住房条件很好。巧花想不通何阿姨为什么不跟她父母住一起,她那边连卫生间都没有,还要自己做饭。话到嘴边,想想还是不问,问多了人家会嫌烦的。

军军的外公是个头发花白的老军人,别人叫他何政委,为人很和善,房间里堆满了书。外婆像比外公年轻不少,头发乌黑,显得很精干。何阿姨说她在文艺部门工作。外婆将巧花打量了好一会,从神色看,她没有意见。又问巧花家里情况,来南京多久了,以前在哪里帮佣,为什么不干了等。尽管她问话的语气婉转亲切,巧花却感觉像在受审,很不自在。何阿姨也不喜欢她母亲盘问,拉着巧花到别处去。

何阿姨不要求巧花多做家务活,主要就是让她带孩子,负责一顿中饭,洗洗小衣裤,特别强调注意安全。他们夫妻都是早出晚归,家里一切都交给巧花。

两大间房互不串通,东边的一间隔成两半,前面作厨房,巧花住后面。

整天带孩子也闷得慌。军军已经会走路了,不需要抱,让他坐在童车里,巧花完全可以腾手做点家务,洗洗涮涮,准备晚饭,闲着反而不舒服。白天有时也看电视。天气好的时候,她带军军到大院四处溜达,或者让他推着小车走,像个小狗熊,两个圆圆的屁股蛋扭得特别好玩。

有时候,她也带军军到外公家玩一会。外公不上班,大部分时间在家看书,弄弄花草。军军见到花就用手拽,稍不留神,几朵君

巧 花

子兰已捏碎。外公惋惜不已。

外公家附近有个汽车连。当兵的修车,巧花带着军军在旁边看。当兵的也知道她是何政委家的保姆,喜欢跟她拉呱。其中有个叫小贾的,也是安徽人。问起来才知道真是老乡,小贾家乡巢县,跟巧花家相距不过百里,隔一条裕溪。

小贾虽然穿军装,却不戴帽子,也没有领章帽徽,跟其他驾驶员不同。后来才晓得他已经复员了,因为驾驶技术好,从前一位首长调到学院就把他带过来了,不在部队编制,算聘用的驾驶员。小贾修车技术也过硬,当兵的碰到棘手的问题都请教他。对小贾来说,没有修不好的车。

小贾岁数其实不小了。他自己说,就因为没有成家,人家不好称他老贾。他这人喜欢开玩笑,长相很一般,眼睛小,满脸酒刺疙瘩。巧花问他是不是特别爱喝酒。他说有时喝一点,开车的人不敢多喝,问巧花是不是打算请他喝酒。

巧花噘嘴道:"我凭什么请你喝酒!"

"那你问我喝不喝酒什么意思?"

"你一脸的酒刺疙瘩,不喝酒,怎么会有!"

"噢,这个呀!"小贾不好意思地摸自己的脸,"这跟喝酒没有关系,这叫'青春痘',青春的象征,结过婚就没有了。"

巧花的脸刷地红了,后悔不该问。

小贾的助手叫小王,浙江人,是个不言不语的小伙子,只会笑。巧花觉得他心里什么都明白。

经常聊聊,彼此熟悉了,小贾更是见面就说笑话:"大妹呀,人说老乡见老乡,两眼泪汪汪。你也该关心关心你大哥,给介绍个对象好不?"

巧花笑答："行啊，皮肤黑一点不要紧罢？"

"黑要黑的俏。"

"就是稍微胖一点。"巧花忍住笑。

"又黑又胖？"小贾到底不傻，立刻明白巧花在耍他，咧开大嘴笑了。

小王"扑哧"笑出声来。

巧花捂着嘴，转过脸去笑个不停，笑得两眼像两弯黑色的月牙。

"哎，大妹，你不该这样捉弄人。"停了片刻，小贾说，"可惜大妹看不上我，要不然……"

"滚！你瞎讲，我不跟你啰嗦。"巧花只是嘴上狠，并不是真的生气。农村青年都喜欢这样的半真半假。巧花不当回事。目前她根本就不考虑婚姻大事，只想开心解闷。

又有一回，小贾一本正经地对巧花说："大妹，跟你商量件事。"巧花以为什么重要事，叫他只管讲。那一位抓头皮，像有点难以启齿，"说真话，大妹能挣钱了，不该请我和小王喝一杯吗？要求不高，两菜一酒。"说时露出馋相。

"去你的，我才挣多少钱！你怎么不请我？"

"你那里中午没人，咱们放松放松。"

"我才不请你呢，就要叫你馋死！"

话虽这样说，巧花仍还是请他俩吃了一回，到饭堂买几个菜。小贾拎了一瓶"洋河"酒来，两杯下肚更是红光满面眉飞色舞。说他当了十年兵，现在觉得不当兵真是自由。"第一不许跟驻地女孩谈对象；开车更是滴酒不能沾——小王你只管吃菜，酒少喝一点。大妹你想，我怎么会到今天还是光棍一条，连个对象都没有？原先在家乡谈了个对象，女的不过就是巴我提干，把她带出来。我这人

巧　花

只有初中文化，现在部队提干都要院校毕业，哪来的希望！好，一脚就把我蹬了。蹬了就蹬了，男子汉大丈夫，当真趴地下求她不成？当志愿兵，在部队附近又谈了一个。领导说影响不好，叫我复员了。那女的也是个农村户口，一复员就全玩完！三折腾两折腾，一晃今年都二十七了……"小贾眼里有了点泪光，一甩头，"哎，不说了，说了心里难过。"

酒入愁肠，容易动感情。

巧花呆呆地望着他，心里怪可怜的。

小王低眉垂眼，想自己的事。

过一会，巧花问："你现在是什么户口？"

"什么户口？现在算合同工，首长答应下一步给我转正式工，到那时候就可以'农转非'。我这个人说不走运也走运，碰上个好首长，要不然，这一刻至多也不过在家里开'蹦蹦机'。"小贾说到这里情绪开朗了，"更走运的是他乡遇知音。来，大妹，让我借这一杯酒向你表示个心意！"

巧花连忙转过身去："去去去，哪个是你的知音！一天到晚鬼话连天。"她用毛巾给军军揩嘴，每天都是先把孩子喂饱自己再吃。

小贾又说，等有便车带她回家望望。

巧花确实想回去看望父母和弟弟。将近有两年没与他们见面了。自从离开老汤家，便时常想。给家里写信不敢提大姑，可母亲来信便寄到大姑家。估计父亲现在已经知道她跟大姑的关系了。母亲的信都是叫大弟写的，大弟会不告诉父亲？

那以后，小贾就三天两头来找巧花，出车回来也给她带点外地土产。吃饭的时候，何阿姨惊奇地问："哪来的笋干？春节买的好像早已吃完了嘛。"

巧花说是驾驶连一位老乡送的。

何阿姨的丈夫最喜欢吃笋干，说："到当地买肯定便宜。下次请他多带点，我们给他钱。"

"他不会要钱的。"巧花笑着说。

夫妻俩异口同声道："不要钱怎么行？不要钱就不好叫他带了。"

这夫妻俩都不是精细人。

小贾跟巧花混得熟了，时不时地开个玩笑，打情骂俏。她并不见怪。

小贾说："大妹，来干脆的，心一横，眼一闭，嫁给我算了！"

巧花说："讲的轻巧，嫁鸡随鸡，嫁狗随狗，我图你个什么？"

"我把你供起来，我叫你皇后娘娘。"

"不要脸，你就会油嘴滑舌，像个太监。"

"大妹，这话可不能乱说。你知道太监是什么样？跟一般人又什么不同？"小贾眼睛眯成一条线，涎笑着凑上前来，"你说，我哪里像太监？"

巧花羞红了脸在他的脑门上凿了一个"毛栗"："坏种，我整死你！"又给他一个媚眼。

小贾便满意地走了。

调情是为了解闷。不过巧花并非没有认真地考虑过嫁给他的可能性。小贾人不坏，如果真能转正，办了"农转非"，这事倒值得想一想。首长既然能给他办，为什么不能给他的妻子也办了呢？就不知道小贾说的是真是假……他是当着小王的面说的，不像瞎编。再说，为什么首长单单把他弄来做合同工？首长没有把握是不会这样做的。

巧　花

小贾的胆子越来越大，有一回突然从后面抱住巧花，要跟她亲。巧花毫无思想准备，又挣又踢，气急败坏地把他揉出好远，脸上红一块白一块，娇喘吁吁道："你这是干什么！你滚！以后不要来了。"

小贾没想到会遭一闷棍，愣了，呆呆地站在那里，后来就一声不响地转身走了。

一连几天不见小贾的影子，巧花又寂寞得要命。她恨他鲁莽，心里却又丢不下他。走过汽车连，她放慢脚步朝里望，正见小王出来。巧花问他们这今天忙什么。

"没忙什么。"

"最近有没有跑芜湖的车？"

"这事要问小贾。"小王微笑，看样子他知道一点，也许小贾跟他说了。

"他人呢？"

"出去了，中午回来。"

"回来你叫他到我那里去。"

"是，遵命。"小王显得很高兴。

中午，巧花坐在门口树荫下喂军军，远远看见小贾朝这边走来。小贾也看见巧花了，开始摸头，像见首长。

巧花心里直想笑。小贾站在她身边了，她只装作没看见。

"大妹，叫我来有事？"毕恭毕敬。

"小王没告诉你？"

"是便车的事吧？最近没有，等有了我一定提前通知你。"

巧花不作声，依旧一调羹一调羹地喂。

"就这事？大妹，我走了啊。"说罢转身。

"回来。"

"嗯？还有什么吩咐？"

巧花抬起脚，用脚尖勾着个小板凳甩过去："坐。"

于是小贾一老二实地坐下。

"看你怪老实，其实一肚子坏水！"

小贾的脸色很尴尬："大妹，不要再提那事好不好？我……对不起你。"

"对不起就行啦？你不让我提，我非要提。还要向你们领导反映，让他们知道你是个流氓、是个骚驴，让他们把你赶出学校。"说时瞪着杏眼，咬牙切齿很凶的样子。

小贾岂不知道她是故意吓唬他，把他当军军了。肚里一笑，就势装作很害怕的样子："大妹大妹，我求求你了！你要我干吗我干吗……"

"要你做狗就在地下爬！"

巧花自己也没想到随口撂了一句接上去还很押韵，差不多像诗了。她一得意便忍不住笑了，先是"噗噗"地笑，接着把碗放下搂着肚子笑，笑得面如桃花，有气无力。

小贾也嘿嘿地笑，暂时不敢太放肆。不过他清楚，一笑就全没事了。女孩那点小狡猾，他知道该怎么对付。

军军却不知道他俩为什么笑，在童车里站起来，傻呵呵地望望这个，看看那个；后来决定参加进来，便"啊啊"地叫，两只小手使劲在车板上拍，发出"蓬蓬"的声音。

巧花收住笑，正色道："我不想听你那些废话，只想问你，既然想谈对象，为什么不正正经经请人家介绍一下？你以为我好欺侮呀！"

"大妹，天地良心，我要是想欺侮你就真是地下爬的！"小贾

巧　花

恨不得把心掏出来，"像我这样的条件，谁肯给我介绍！部队里不可能，外面又不认识人。一般女孩听说是合同工就不想再往下听了。我是真难呀！"

"你不是说首长要给你办转正吗？"

"问题就在现在还没有办！"

"他肯定会替你办？"

"确实是这样讲的，首长不会骗人。"

"万一他改变主意，或者调走了呢？"

"这，好像不太可能。"

"那你就等罢，等到解决以后，找个城里的大姑娘，美死你！"巧花故意撩拨他。

小贾又摸头，一副哭笑不得的样子："那是做梦。城市里小伙子也不是个个找得到老婆。像我这老大不小的，这副嘴脸又不咋样，想也不敢想。"

巧花心里怦然一动，真有点同情他了："你想找个什么样的呢？"

小贾不知道巧花到底什么意思，迷惑地眨巴着眼："什么样的？只要人好，心好……"

"瘸的瞎的都行？"

"大妹，你不要拿我寻开心了！"小贾苦着脸。

"谁拿你寻开心，正经问你。"

小贾抬起眼，见她笑得含蓄，似乎得到点鼓励，半吞半吐道："讲了你不要生气，最好，最好像你这样的……"

巧花羞臊了，踢他一脚："你死去罢！"又娇媚地一笑。

小贾真被踢疼了，抱着小腿直蹦，旋即又笑道："人家说，打是疼骂是爱。大妹你疼我啦？"

"疼你个屁,我打死你,叫你没正经。"巧花说着举起小板凳做出要砸的样子。转身看见小王在远处举着巴掌拍,这才将凳子放下,"叫你了,还不快滚!"

"只要你答应,要不笑一笑。"

巧花本来就在笑,急切间哪里忍得住,忙捂着嘴,可那眼睛分明仍在笑。

小贾大喜:"你答应了?!"不等巧花再说什么便转身往大路上跑。跑得一瘸一拐。

军军病了。起先是感冒流鼻涕,巧花给他吃了根冰棍,后来就咳嗽、发烧。巧花心里慌得很。何阿姨倒没有怪罪她的意思,说孩子小毛小病总是难免的。何阿姨的丈夫经常出差,几乎每个月都有几天不在家。

何阿姨和巧花抱着军军去门诊部看病。从门诊部出来天已经黑了,何阿姨说,到外婆那里吃饭,省得回去做。巧花不想去,她知道军军是外婆的宝贝,宝贝病了,外婆肯定会认为她带孩子不精心。她怕见外婆。

"没关系的,不会怪你。我母亲就是心直口快。她说什么你不要往心里去,只当没听见。"何阿姨自己是个大大咧咧的性子,又马虎又随和,一点不像她母亲。

果然不出巧花所料,外婆一听说军军病了就嘘得要命,抱过去又是亲又是摸,问给了什么药,打过针没有。接着又问巧花什么原因,是不是电风扇吹得久了,有没有用冷水给他洗澡;既然已经感冒,怎么能再给他吃冰棒?咳嗽会转肺炎、支气管炎,肺炎还会有生命危险等。

巧　花

巧花垂手而立，沮丧得很。幸好何阿姨从中解围，说她没有经验，以后注意一点就是了。外婆这才住了口，但过一会又把巧花喊过去，问："汽车连有个驾驶员是不是经常去找你？"

"是，是个老乡。"

外婆目光犀利地盯着她看了一会："要注意影响。"

巧花被她盯得心里发毛。

吃晚饭的时候，何阿姨想起一件事：刘阿姨托她转告巧花，老汤最近身体不大好，叫巧花抽空去看看，说老人很想念她。

外婆说："明天正好星期天，军军就放我这里。给你放一天假。"

巧花觉得外婆心肠并不坏。老汤看上去好好的，没什么病，说主要想看看巧花，听说她又换了一处，问问最近情况。巧花来了，他自然很高兴。汤大妈说他近来血压偏高，有时候头痛，也不知道是不是气功练得不好。

老汤矢口否认："没这回事，只有说练气功降血压，哪个反而练出血压高的道理！我原本血压就比较高，年纪大了，高一点也是正常的。"

"练得不好，也会走火入魔。"汤大妈听人家说过，也有这种先例。

"那就听你的，暂停一段时间总行了罢？"老汤从抽屉里取出一封信，是兰桢寄来的，叫巧花看。

巧花疑疑惑惑地展开。兰桢这封信大部分内容与巧花有关，从语气上看，她似乎经历了一个思想和感情转变的过程。现在她觉得那一次"的确处理不当"，"过于粗鲁、武断"，伤了父母的感情也伤害了丫头，想起来心里懊悔……"尽管信中表示愧意，却并没有要把巧花找回来的意思，不过就是对自己父母的一点抚慰。巧花读信时，胸臆间也有了点滋润，有了点暖意。可是当她再重看一遍时,"丫头"这个称呼又刺痛了她的神经。她那么亲热地称她姐姐,原来在"姐姐"的心目中,自己不过就是一个听候使唤的丫头。她恨自己当初幼稚,自作多情,于是怅然地将信叠起来,仍旧放回信封里。

老汤显然为女儿认识的转变感到高兴。一个四五十岁的人,一向又很任性固执,能够承认自己的过失,这本身就是一件令人高兴的事。他叫巧花来,就是为了让她知道有这么回事,并嘱咐她,如果在那一家做得不顺心,随时可以回到这里来。汤大妈也是这个意思。

巧花没吭声,心里却摇头:好马不吃回头草,她干吗要看汤兰桢的脸色?她对两位老人说,现在她不想离开那家。何阿姨夫妻对她很不错,她已经习惯了新环境,军军也离不开她。

老汤说:"能这样,我们也就放心了。主要怕你受委屈,我们确实是把你当自己的孩子。"

忽然心里一热,泪水涌出眼眶,巧花"扑通"一下跪在两位老人面前,哽咽道:"爸,妈,巧花这辈子不能报答你们,来世一定做你们的好女儿……"

老汤和老伴也眼泪汪汪,颤巍巍地将她扶起来,直说:"乖孩子,不作兴哭。"这一来,巧花更是哭得像个泪人。

二表姐的婚期定在国庆节,巧花提前送一份贺礼。送过去的时候,姐妹俩正对照说明书试用刚买回来的全自动洗衣机,这是碧叶的嫁妆。

巧花想征求大姑的意见。在跟小贾的关系问题上,她还是有点拿不定主意。几次话到嘴边,却难以启齿。她似乎也面临大姑当年的处境,大姑离家出走去找姑父大约也就是她这样的年龄。按理说,她会支持巧花,可是大姑没见过小贾,这话也很难说。

巧花当然想永远生活在城里。命运将她投生在乡下,她认为这不公平。比起城里那些姑娘,巧花只是少了个户口簿,站在她们面前,就觉得矮一大截。也说不定,她现在正面临一个机会。

当天晚上没回去,仍跟碧云睡一个房间。上床以后,巧花憋不住跟碧云讲了。碧云问那是个什么样的人。巧花就描绘小贾的长相。碧云边听边摇头:外表不怎么样。巧花又说他技术好,为人热情,性格开朗。

"人油不油?"

"不怎么油,就是有点爱开玩笑?"

"都开些什么玩笑?就是说,举止是不是有点轻浮?"

巧花想到小贾抱她那一回,回答就有点吞吞吐吐。碧云是个聪明的女孩,心里有数了。

"嘴上开开玩笑问题不大,就怕那种动手动脚的,碰到这样的最要当心。"碧云讲前段时间宾馆里发生的几件事,都是女服务员跟外宾发生男女关系。有的是为钱,还有的是想出国。有一个运气不错,那个外国佬守信用,把她带走了;还有一个希望落了空,但不死心,现在班也不上,拼死拼活要等下去。

巧花问碧云是否遇到过这样的事。

"当然遇到过。"碧云说,"有一次,一个客人跟我纠缠,硬要塞给我500美元。我当然知道他什么意思,坚决不要。他没办法了。"

"500美元值多少?"

"大约3000多块钱罢。"

"呀!"巧花惊得说不出话。

"还有一次,一个澳大利亚的大胡子客人来叫我,说浴缸水下不去。我刚进房间，他就开始耍流氓，把那个东西拿出来，又长又大。我都吓昏了，拼命地叫，赶紧跑出来。现在我一见到大胡子就害怕。"

巧花连连打着寒噤，过了好一会，问："要是外国佬愿意带你出国，你肯不肯？"

"我当然想出去。"碧云说老实话，"他如果真心实意规规矩矩地向我求婚，我也许会考虑，但是决不跟他上床。没有办理正式结婚手续之前，我不会答应他的。"

巧花默默地点了头。

小王跑来告诉巧花，明天他们出车去芜湖；要是巧花跟车，他们可以绕点路一直把她送到家。这个机会太好了。巧花已经有两个多月没收到母亲的信了。当初收到她寄回去的钱，那边回过一封信，说起父亲不放心，希望她早点回去。之后，巧花又写了两封信，都没有回音。她知道父亲肝脏有点毛病，但愿不要出意外。

小王说，一来一去大约两天半。巧花当然想去，但就是不知道何阿姨和外婆会不会同意。其实她的担心是多余的。何阿姨很爽快地答应了，让她放心去，军军在外婆家住几天没问题的；外婆也同意，只是吩咐她家里没事就早点回来，不要耽搁太久。外婆把吃不了的云南花粉和人参蜂王浆都给巧花带回去，一共四盒半，算算值不少钱哩。

何阿姨也给巧花带了点东西，另外叫她把小贾送的外地土产都带回去，因为这些东西在南北货店一般都能买到。

解放牌大卡车，驾驶室可以宽宽绰绰坐三个人。去的时候是小贾开车，跑得又快又稳，不过三个多小时就开到巧花家的村边，还

巧　花

不到中午。

正是盛夏，村头河边一群男孩在戏水。大一点的穿裤头，小的全是光屁股。见军车开过来，一个个都站在那里望。巧花刚一下车，男孩们就认出她了。其中两个男孩撒腿往这边跑来，正是二弟和三弟。

家里没事，她放心了。

巧花邀请小贾和小王到她家里休息，吃过午饭再赶路。巧花父母想不到女儿突然漂漂亮亮自天而降，并有两个军人陪伴，一时竟慌得不知怎么是好。父亲拿出香烟请他们抽。母亲欢天喜地忙着做中饭。左右乡亲们都来串门，问长问短。弟弟们围着姐姐转。

母亲说，半个月以前寄了一封信照说也该收到了。小贾说，肯定是邮路上出了毛病，最近邮局有点不大正常。又说何政委派他们送巧花回来，何政委一家待人特别好。母亲更是欣慰不已。

巧花拿出军军外婆给的人参蜂王浆，母亲拈起一支左看右看不知道该怎么打开。大弟弟自作聪明地说，这是打针用的。母亲吓了一跳：好好的，打这些针干吗？巧花笑着掰开一支，将塑料吸管放进去，叫父亲吸。父亲咂了一点，说："太甜，跟蜜一样。"两个小的听说甜，便争着要吃。巧花说："这可不是给你们吃的，一支要划六毛钱哩！"父亲吃惊道："吸这一口就抵一包烟哪？"

小贾说："这是高级营养品，作用不同。"

一屋子人都笑得开心。

父亲仍旧不太多说话，也不说叫巧花回来。既然女儿在城里做得蛮好，他也就放心了。父亲绝口不问大姑。

巧花在家里只住了一个晚上。第二天下午小贾他们装好货又来接她。弟弟们都想跟车去南京玩玩，父亲没答应。

回程是小王开车，巧花靠右边坐，小贾居中。农村路面不好，难免有点颠簸摇晃。小贾的膝盖经常与巧花发生碰撞，摩擦。巧花并不在意，与他相视一笑。后来，小贾不声不响地又往这边移了一点，两人的大腿紧贴着，摩擦更是频繁而有力。巧花好像略有知觉，又是莞尔一笑。小贾两腿中间就鼓了起来。

上了大路，车开得快了，热浪熏风从窗口直往里灌。巧花微微眯着眼，秀发飘逸，发丝拂过小贾脸。小贾便嗅着一股奇特的芳香，一阵冲动袭来，不免感觉口干舌燥。巧花似乎在沉思。从侧面看，她光洁的额头、精巧的五官都呈现着静态的美；浑圆的膝盖以及风吹得轮廓分明的双乳对小贾构成强烈的诱惑，只是这一次他不敢轻举妄动。前面来了辆车，会车的时候巧花身体失去了重心，歪在小贾身上。他便体会到一种酥软的快乐。

"要不要把车窗摇上去一点？"他关切地问。

"不用。"

"想不想喝水？"

"不想。"巧花此刻心绪宁静。太阳光刺眼。她用一块手绢盖在脸上，闭上眼休息，眼前一片血红。后来，感觉小贾的手在她的膝盖上轻轻地摸了一下，浑身一颤抖，但她没动。当那只手第二次触碰到她膝盖时，她忽然把手帕拿掉，两眼恶狠狠地瞪着他。

小贾慌忙把脸转过去，望别处，过一会见没动静，才怯生生地将脸转过来。巧花的眼像锥子一样直刺他心底。小贾的头便垂了下来，又是那副沮丧的样子。

巧花重重地叹了口气。只有小贾心里明白这一声叹息的含义。

小王什么都不曾察觉，一门心思开车，断断续续哼着一支歌。

巧 花

军军的外婆听到不少风言风语，气冲冲地向何政委诉说。

老头子不动声色，听完淡然一笑道："那个小贾是个老兵，从前给老雷开车，复员回了家，又来做合同工。老雷对他印象不错。年轻人搞对象，我看不必大惊小怪。"

"谈恋爱我不反对，可以晚上到外面谈嘛！这么热的天，大白天关着门在里面干什么？人家讲起来都是何政委家小保姆，你就不觉得应该管管吗？"

"他现在又不是兵，你叫我怎么管？"

"不是兵难道就没有组织？跟汽车连的头儿说一声也不算过分。"

何政委显得很不耐烦："哎呀呀，我最怕管这种男男女女的事。你自己去跟他们头说。"

夫人满脸愠色："我就晓得跟你讲没有屁用！你这个政委不知道怎么当的，整天就知道看书。还抓不抓思想作风？"

"你也可以跟女儿谈谈嘛，让她跟小保姆打个招呼，注意点影响就行了。这种事不宜小题大做。有些女人家喜欢传播桃色新闻，本来没有什么了不得，经她们一传就有伤风化。我顶讨厌这种人。"

夫人逼到跟前："你该不会认为我也是那种人吧？人家并没说他们怎么样了，只说大白天关门窗不知在里面干什么。我想这不会是捏造，把军军交给这样的女孩你放心吗？"

何政委挥挥手："行了行了，你去跟女儿说。"

女儿跟父亲差不多秉性，对母亲的交代既不吃惊也不违拗。回答是圣上的御批——"知道了。"夫人拿这对父女毫无办法。她当然不肯就此罢休。夫人心里清楚，巧花不是那种勾引男人的女孩子，坏就坏在那个小贾，她决定亲自找汽车连连长谈谈。

连长没找到，夫人被告知："你最好上午九点钟来。"这么说，她还得向单位请假。

连着两天小贾没来，巧花开始有点心神不定。何阿姨的交代稍有差错，说成是汽车连对小贾的行为有看法，无非是因为粗心，没听清楚，反正算把母亲的精神传达了。巧花也就理所当然地认为小贾退缩了。不敢再跟她来往，因此郁郁不乐。

其实小贾跟她也没怎样，不过就是搂搂抱抱，那个禁区是不准他碰的。巧花牢记着碧云表姐的话，坚守最后一道防线。在她想来，谈恋爱总不能老是一本正经坐着讲话，何况小贾这个人一正经就没话说了，干巴巴的，多闷人呀！军军中午要睡两个小时。小贾不来，她简直无事可做。

小贾不该胆大的时候胆大得要命，光明正大地谈对象却又好像见不得人，躲躲闪闪，像做坏事。午休时间在一起玩玩怕什么？巧花心里有点瞧不起他了。她觉得自己应该勇敢一点，让汽车连头头脑脑都知道刘巧花爱上了小贾，有什么责任你们找我！

早晨，何阿姨临走交代巧花将冰箱冷冻层的霜除掉。巧花打开冰箱时忽然生出一个主意：她端张凳子垫脚，拉下电表闸刀开关，然后将军军放在小车里，推着往汽车连去。

远远看见小贾在停车场那儿冲洗汽车，水枪喷出一条白线，在车身上激起一片水雾。她肚子便开始咒骂：没良心的，等会跟你算账！

小贾也看见巧花了，扭过脸来咧嘴朝她笑。这一来，巧花又纳闷。

"出车去了趟杭州，昨天夜里才回来。"小贾说时关了水枪，扔在一边，走过来。

"为什么连个招呼也不打？"她心里踏实了。

巧　花

"实在是没机会，任务紧，说走就走——对了，我给你买了双皮鞋，我去拿来。"

巧花说："那不急，你先帮我检查一下电冰箱，好像出了点毛病。"

小贾招呼小王来洗车，自己拿了把起子就跟巧花去了。路上，她问他领导有没有找他谈话。小贾显得惊讶："找我谈话？谈什么？"

"你我的事，不是说他们有看法吗？"

"谁说的？"

"何阿姨，她说军军外婆听你们领导说的。"

"笑话！我们头儿对我太够意思了。不瞒你说，你才来，他们都撮合我钓你。"

"吊我？"巧花不解。

"咳，钓鱼！你不就是条大鱼吗！滑溜溜的大鱼！"

"死鬼，我是鱼，你是什么？"

"当然就是渔翁。他们都说我技术好，一钓就把你钓上来了！"小贾得意得摇头晃脑。

"你高兴太早了，我这条鱼会咬人！"巧花在他腰上使劲一掐。小贾尖叫起来。巧花忽然又改变主意，立定了，"看你这嘴脸！回去罢，不要你修了。"

小贾说："没事，出车刚回来，正好休息休息。你怕什么？"

"怕？我讨厌你！"巧花眼一翻，真有点生气了，主要是看见他那得意忘形的样子。

"哎哟哟，好妹子，我跟你讲笑话，哪有那回事哟！我这个人，你又不是不知道。"小贾立刻软了，好话一大堆。巧花这才回嗔作喜。

巧花不告诉小贾她做了手脚，原先是想找个借口，现在，她要考考他，看到底有多大能耐。

没想到小贾实在精明，进门先打开冰箱看一眼，关上；然后拉一下电灯开关线："没电。"眼一瞄，发现电闸拉下来了，转脸看看巧花，上前一踮脚将闸把推上去，冰箱立刻嗡嗡地响起来。

"你搞什么名堂？"

巧花红着脸不说话。

小贾聪明地笑起来："噢，我知道了，你想我了是不是？"他顺手把门关上，走近她面前。巧花穿的是一件杂色双皱连衣裙，领口开得大，浑身散发着一股青春的气息，眼睛忽闪着，像头漂亮的小母鹿。

"看你美的！骚相！眼神都不对。"她说。

其实巧花自己这两天感觉也有些异样，身体里某种说不清的感觉像浸了水的豆子一样膨胀，塞满了心房；又像长出豆芽的根，伸延着，撩得心里发痒。眼光也不自觉变得火辣辣。

小贾馋涎欲滴的模样使她意志松软，理智的呼喊声微弱了。他上前一步搂着她柔柔的腰。她本能地向后闪，用手臂挡住他滚烫的嘴唇。"大妹大妹，让我亲亲。"小贾急不可耐地在她脖子上印上了无数个湿漉漉的吻。她觉得身体悠悠地飘起来，腾云驾雾似的。他的手指灵巧地挠了几下，连衣裙的后裾便捏在他手心里……她后面像有个火炉。

一声不响坐在童车里的军军不知道这两人干什么，先是傻愣愣地看，以为他们闹着玩，后来大概见巧花不行了，便伤心地放声大哭。他一哭，两人就松开了。

"这里不行，我们到隔壁去。"小贾显得败兴。

"把他一个人丢这里怎么行！你中午再来。"

"找点玩具给他，再把收音机打开。"

巧 花

巧花此刻已经没有主张了，随手抓几样玩具放在童车上；剥一颗巧克力塞到军军嘴里："军军乖，不许哭，姐姐就来。"

骤然响起高亢的交响乐，军军顿感惶惑不解。

巧花和小贾刚走不一会，军军的外婆来到汽车连，找到连长。两人站在那里讲了几句话，连长就转身招呼小王。小王放下手里的活，跑步过去。连长问小贾在哪里。小王见政委夫人追问，照实说了。夫人叫连长跟她一起去看看。连长说："不必了，我看就叫小王去喊他一声。"小王拔腿刚要走，夫人说："不劳你们大驾了，我自己去。"

这以后发生的一切无需赘述了。总之，巧花再次厄运临头，她非离开这里不可了。她是6月20号来何阿姨家的，连头带尾三个月零五天。何阿姨给了她三个半月工钱，这就算结束了。

本来，圆圆的妈妈说过，她至少可以把军军带到两岁半，或者三岁；何阿姨也说，军军上幼儿园以后，可以给巧花在大院里另找一家，大院里的人她都认识。现在，这些话都不能提了。何阿姨虽然没怎么责怪她，却没有继续留用的意思。这是命中注定的。

巧花一点都不恨何阿姨，也不恨外婆。这一次确实是她自己不好。她只恨自己不争气，把好端端的事搞糟了。不过这也没什么，世界很大，她总会找到自己的归宿。

小贾来送巧花，郑重地向她保证，无论到什么时候他都不会变心。他会经常去找她，只要一转正，立刻跟她结婚。

巧花相信他不会骗她。她也知道前面的路还很长，不知道会遇到多少磨难，受多少委屈。可她相信自己能够承受。她现在已经比刚来时坚强了。

唯一使她感到为难的是见了大姑怎么说，碧云问起来怎么回答。还有父母，他们都满以为她现在混得不错哩。她想起老汤前不久跟她说过的话，在那个路口徘徊了好一会，决定先把这一切告诉两位老人。拿定主意后，心里踏实了一点。

天已经晚了，老汤家灯还没开。

巧花敲门，屋里没有动静。对面门倒开了，开门的是圆圆。圆圆见是巧花，脚下放着行李，吃了一惊："巧花，你这是怎么啦？"

"我，我不能在何阿姨家做了。"她一言难尽。

"汤爷爷死了。"

"什么？你说什么？！"巧花以为自己的耳朵出了毛病。

"汤爷爷死了一个星期了，脑溢血。汤奶奶的儿子来把她接走了。"圆圆肯定自己没有说错。

巧花只觉眼前一片模糊，像站在倾盆大雨中，从头到脚凉透了。她陡然转身，扑在那扇暗红色的门上，凄惨地叫着："爸，爸，我来了！"慢慢地跪下去，手指在门上划出几道白痕；然后像只小猫一样蜷缩在门口，捂着脸呜呜地哭。

圆圆惨然地将她往自己家里拖。刚拖起来，巧花说："你借个电筒给我。"圆圆不知道她要电筒作何用处，但仍照办。

巧花跑到外面窗口，踮起脚拿手电往老汤家屋里照，一边照一边哭。

屋里一切依旧，一切都那么熟悉，炊具排得整整齐齐，炒菜锅炖在煤气灶上，自来水龙头似乎还在滴水；客厅挂历上女明星笑得甜蜜……这里曾有她一段美好的生活。眼下物是人非，那一段美好也就不可追寻了。

巧 花

巧花哭得好伤心!

哭声惊动了附近邻居。几位大妈都来劝,陪着流泪,都说这孩子可怜。圆圆受感染,也哭得一把鼻涕一把眼泪。有人告诉她:她家饭烧煳了。圆圆跑回去熄了火,慌忙之中又烫伤了手。等她涂过万花油,捏着手指出来,邻居告诉她,巧花已经走了。

这时暮色已经很浓,路灯亮了。

风雨交加

1

　　白天的喧嚣通常要持续到午夜之后，城市，只有在黎明到来之前是最静的。但这宁静维持不了多久，只相当于早班和夜班交接的一个间隙，当停在路边的汽车引擎开始启动时，人声也依稀可闻。

　　蒋兴美醒来时，窗外还是黑沉沉的。这时，也是她一天中最痛苦的时候。不幸的感觉在她神志开始复苏的那一瞬间，像潮水一样冰凉地浸透了她的意识，像无数个蛀虫在啃噬她的某一根神经。这和从噩梦中醒来时那种庆幸的感觉是截然相反的，她越是清醒，就越觉这是一场醒不了的噩梦。在这短短的几个月里，她的生活整个变了个样，变得如此之糟，连她自己都不知道怎么会这样！

　　仿佛为了证明这不是真的，她长长地呻吟一声，伸手揿亮了

巧 花

床头灯。声音是清晰的,灯光刺得她睁不开眼,她用手遮着。转过脸,身边睡的是儿子,儿子睡得很沉,淡淡的眉微蹙了一下,又缓缓地松弛。他的肩头露在外面,蒋兴美轻轻地给他掖好。

家似乎还是这个家,一切都是原来的样子,只是少了一个人,一个支撑家庭的男人,对于下岗女工蒋兴美来说,实际上这个家已经倾斜了。

男人并没死,只是抛弃了这个家,走了,已经4天没有回来,她想他多半是不会回来了。她简直不知道他怎么能狠下这条心?当年,他追求她,恨不得把心都掏出来。结婚十三年,并没有拈花惹草的劣迹,可以算是个称职的丈夫,怎么说变就变?难道真是鬼迷心窍了?那个女人不过就是年轻,对他来说很新鲜,但不管怎么说也是个离了婚的女人,他居然甘愿为她毁掉自己的家,连自己的亲生儿子都不要了,这种事在以前几乎不可想象,然而眼下千真万确地发生在她的家里。

下岗这种事也是以前做梦也想不到的,六千多人的国营制药厂,说不行就不行,一下子就到了连工资都发不出来的地步。大部分人都回家了,每月只能领到一百二十元生活费。这件事来得太突然,大家都没有思想准备,原先只是效益不好,没有奖金,工资还是能维持的。谁也没料到变化这么快,主要因为银行拒绝贷款,而外面的欠款一时又收不回来。实际上,工厂在一年前就处于半停产状态了。

要不是家庭发生变故,下岗对蒋兴美来说还不算致命的打击,费仲林是齿轮厂工会干部,单位效益比较好,月收入有八九百元,有时还有些额外的奖励,加上她的那点下岗生活费,家庭月收入仍在一千元以上,虽不宽裕,生活节俭一点还是够的。这年头国营和集体企业处境都很艰难，好的不多，最倒霉的是夫妻俩都在特困企业，一下岗，日子简直没法过。前不久，费仲林陪她逛夜市，遇到一对做大排档的夫妻，原来都是她制药厂的同事。她指给他看，当时已经将近十点，案板上一碟碟洗过的生菜整整齐齐，男人和女人都愁眉苦脸，看样子这一晚上是没开张。费仲林说，这么冷的天，只有疯子才会坐在路边吃夜宵！她不想再往前走，心里多少有点庆幸，有点自慰。

　　蒋兴美当然想维持原来的生活水平，哪怕找一份临时工先干着，也比闲在家里强。她去过劳务市场，去过市职业介绍中心，在那里遇到不少熟人，也有来城里打工的农村女孩。去过一回她就知道，像她这样年龄偏大，又没有任何专长的女性，想在那里找一份相对像样的工作几乎是没有可能的。她没有勇气涉足人才市场，蒋兴美自知不是什么人才，在厂里，她只是一名普通的包装工。晚报上每天都有招聘启事，看来看去都是要业务经理、文秘人员、公关小姐之类；要不就是微机操作、广告设计之类人才，而且一般要求有大专以上学历，年龄35岁以下；偶尔也有招聘营销人员，年龄界限稍宽，但要有业务经验，必须有三年以上营销经历。她既没干过这一行，也不想去试，明知自己不行，何必自寻烦恼？

　　其实蒋兴美的要求并不高，只想找一份比较干净，不太累人，最好是比较稳定一点的工作。譬如当个营业员，或者收银员，哪怕是像样一点的餐馆服务员也行。但这种职业一般只要年轻人，相貌出色更是优先。论长相，蒋兴美并不差，身材肤色与同龄人相比算是好的，但到底是三十六七岁的人了，怎么打扮也不像年轻人。弟媳妇曾介绍她去一家个体户开的商店站柜台，四百块钱一个月，每天工作十小时。她犹豫了一阵，还是回掉了，主要是时间太长，而

巧　花

且路远,去了就顾不上家。

蒋兴美的父母早已退休,老人也劝她不要急,慢慢等机会,说过去妇女不工作,家庭经济都是靠男人支撑,现在都是一个孩子,负担并不重。你把家料理好,仲林可以少操心,回来吃现成的,不是也好吗?

蒋兴美自己也这么想,这些年天天早出晚归,逢到星期天都从早忙到晚,难得有点喘口气的机会,现在倒是可以休整一下了。况且,也说不定哪一天厂里又通知她们回去上班,这种可能性不是完全没有。制药厂百分之七十是女工,据她所知,目前大部分都闲在家里,做做家务,看看电视,还有的整天打麻将。穷得没法过才出去谋生。她们相信政府不会撒手不管,听说全市有十多万下岗职工,广播里也经常谈论这个话题,政府的确很重视。制药厂也算个国营老厂,不管是关停并转还是扶助解困,总得有个说法。所以她并不太着急。

如果说下岗是天灾,后来发生的事纯粹是人祸。

那一天,她被儿子的班主任叫到学校,告诉她:费扬受别人唆使,摸女同学屁股。准备给他警告处分。蒋兴美当时脑袋像挨了一棒子,办公室里几个老师都望着她,她简直感到无地自容。班主任提醒她,跟费扬要好的几个都不是好学生,叫他回去好好教育孩子,但不要打,毕竟还小,才五年级。

晚上,她把这事告诉丈夫。费仲林当时火冒三丈,打了儿子一个耳光。

不料儿子忽然瞪起眼睛,像一头愤怒的小豹子:"你有什么权力打我?你自己也干不要脸的事!"

费仲林愣住了:"你说什么?!"

蒋兴美那一刻好像猛然醒悟了,她飞快地看了费仲林一眼,他的脸上明显地透着惊慌,当然也有愤怒,脸色发青。她推开他:"费扬,别管他,你说,你看见什么了?"

费仲林眼珠子瞪得几乎要进出来:"你个混蛋,胡说八道什么?我看你是好日子不想过了!"

她冷冷地推开他:"你不要吓唬他,无缘无故他怎么想起来讲这话?"

"我怎么知道?"

"那你为什么这么紧张?"

"我紧张?好吧好吧,你叫他说。"

儿子显然是有点后悔,一声不吭,低着头。她把他拉到另一间屋里,插上门。那一刻,费仲林在外面像只关在笼子里的困兽,不停地走来走去。

在她盘问之下,儿子说出了真情:上个学期末的一天下午,考完试后,提前放学回到家,他没想到家里有人,自己用钥匙开了门。进屋后听见屋里有人讲话,他轻轻推开卧室的门,发现父亲和那个常来他家的阿姨光着身子睡在床上。"是侯阿姨先看见我的,她一推,爸爸就滚到地上。后来,他对我说不许告诉妈妈,说了就打死我!"

那一刻,蒋兴美就如掉在冰窖里,气得浑身直哆嗦。回头想才感觉自己真是糊涂透顶。其实,许多迹象都表明丈夫和那个女人不是一般同事关系,但因费仲林一向品行端正,侯玉珠似乎也不是那种举止轻浮的女人,而且两家相距不远,来往较密,她认为这还是正常的,压根没往那上面想。她对他们太相信了。前不久,侯玉珠曾经给费扬买过几件价值不菲的礼物:带轮子的滑板,是他一直想

巧 花

要的；还有漂亮的运动鞋、一套小牛仔服以及书包、文具。费仲林说，是他托人帮助侯玉珠的侄女解决了转学问题，她花点钱表示谢意。她没有理由不相信。而这一切，显然都是儿子发现他们的秘密之后，为了笼络儿子，还不知道钱是谁花的……蒋兴美怒不可遏，打开卧室门，指着男人，满脸冰霜道："好啊费仲林，你真有办法！"

费仲林站定，两手插在裤兜里，望着她一言不发。过了一会才说："那只是一时冲动，我并不想伤害你。"

她冷冷地一笑道："不想伤害我？说得多漂亮！把我当傻瓜哄，我真瞎了眼，当你们是好人，还烧饭做菜招待她……我，我饶不了她。"

他哀求道："别这样，你冷静一点好不好？你要怎么样都行，就是别把事情闹大……"

她心里那股火一蹿一蹿地："事到如今，你还想保护她？"

"算我求你行不行？"他已经顾不得在儿子面前的尊严，"给我留点面子，不会再有这事了。闹开，这家也就完了。"

"你这是要吓我？"说着，她不顾一切地夺门而出。

"兴美！"他在后面凄然喊了一声，追了出来抓住她的胳膊。

她发疯似的挣扎："滚开！松不松？我要叫了！"

"我要你冷静！我跟她断了还不行？"他压低声音，手抓得更紧。

"断你个头！你个不要脸的！"她怒吼了。邻居被惊动了。

费仲林无奈地松开了手。黑暗中，他的眼里充满了绝望。

侯玉珠开门时笑脸相迎。她的丈夫也站起身来，家里还有两位客人，正在吃晚饭。侯玉珠的小女儿也跑过来，叫阿姨。蒋兴美心里稍稍迟疑了一下。

侯玉珠是敏感的："你一人来？"说着伸头朝门外看了一眼。

"就我一人来，"她冷冷道，"你觉得奇怪吗？"

侯玉珠脸色陡变:"不不。"她拉她进门,"来,我们到里面……"

"不,我就要在这里跟你谈!"

"蒋大姐……"侯玉珠紧紧抓住她的手。

她厌恶地挣脱:"别碰我!"

男人惊奇,问:"怎么啦?!"

"问你老婆呀!叫她自己说,她跟我家男人干什么了?"

鸦雀无声。客人也惊得张开了嘴。

那个可怜的丈夫像被枪弹击中,脸色苍白地走到妻子面前,问:"你怎么不说话?这是真的吗?"

侯玉珠容颜惨淡,几乎昏厥,梦呓般地轻声说了声:"对不起,我……"她说不下去,双手捂住脸,跌跌撞撞冲进屋里。

现在想起来,蒋兴美后悔了,她应该有所克制,当时太冲动。

侯玉珠的丈夫受不了这打击,很快就与妻子离了婚,并把女儿带走了。至于她们家里怎么闹,吵没吵,蒋兴美不知道,离婚是能预料到的。尽管这并不是她的目的,她只想解恨,这事对她打击太大,不报复一下,她心里不能平衡。

费仲林没有继续表示悔过。一连许多天,两人一句话没有。也就从那以后,他没有在家吃过一顿饭,晚上回来就钻进儿子的房间,电视也不看。儿子跟蒋兴美睡,也不理他父亲。

有一天,儿子终于意识到自己可能闯了大祸,问:"爸爸会不会跟你离婚?"

这正是蒋兴美的担心,但她却装着不在乎的样子:"离就离呗!"又说,"不会的,你是他儿子,他不能把你也甩掉。"

"他肯定恨我,他骂我兔崽子,说看你以后有好日子过!"

巧 花

"你不要不理他,他对你还是不错的。他只是对不起我。"

儿子说:"他要跟你离婚,我就永远不理他。"

那一夜,蒋兴美没睡好,想了很多。她决心要缓解,打破僵局,这样"冷战"不行。

想是这么想,真要缓解并不容易,费仲林连厂休都不在家,也不说去哪里,回来还是那么晚,显然不是加班。像这样的局面以前也有过,至少两三天,而且每次都是他先做出和解的姿态。这一次不同,已经半个月了,他丝毫没有松劲的意思。

星期一下午,蒋兴美洗了一大堆衣服,顺便把费仲林盖的被子、褥单和枕巾都扯下来,塞进洗衣机。正洗着,听见外面钥匙开门的声音。

是费仲林,他像平时一样,进门先换鞋。

蒋兴美抬头看钟,才四点多一点。他今天回来特别早。她终于有话可说了:"干吗不敲门?吓我一跳。"

他的脸上没有任何表情,冷冷地看着她:"跟你商量,我们离婚吧。"

她就像没听见,毫无反应,心里却像浸足了水的土坯,散酥酥地裂开,一块块崩落⋯⋯

他耐心地等她回答,一点都不着急。

等到洗衣机停下来后,她转过身,盯着他:"你真想把事情做绝?"

他说:"不是我要做绝,我原来并不想这样。是你,你硬拆了人家的家,现在单位里人都知道了。我无可选择。"

蒋兴美这才知道侯玉珠已经离了婚。她的意思很清楚。

"想要我成全你们?如果我不同意呢?"

"你应该同意。这样下去没法生活。"他的语气坚定,不容商榷。

心跳越来越快，她尽量使自己镇定："你想甩我们母子？"

他说："别这么说，你自己心里清楚。"

"死了这条心吧！我不会让你们称心的！"她终于爆发了。

费仲林不再说什么，开始翻箱倒柜收拾自己的衣服，塞进一个旅行包。看样子，他是决意要离开这个家了。

蒋兴美夺过那个包："想就这么走？没这么简单！我得把话跟你讲清楚，儿子是你的儿子，我没有收入，你想把我们饿死是不是？"

他表情冷漠："如果这么说，我们就兴平气和地谈。只要你同意协议离婚，家里的财产全部归你；另外，我每月承担费扬四百块钱生活费。"

"做你的大头梦！四百块钱就想把我们打发了？"蒋兴美恨不得咬他一口，"你个狼心狗肺的！"

"家里不是还有两万元集资债券吗？我一分钱不要，你还想要我怎么样？不能还要我养活你吧？你自己也有两只手，为什么不能出去找工作呢？"他就像在做她的思想工作。

她觉得自己有点理亏："我当然不会要你养活。可是你以为四百块钱够你儿子用吗？他要上学……"

"这话是怎么说？他难道不是你儿子吗？你就不该承担抚养责任？"

"但我现在没有力量抚养他！"她说这话时口气已经不像刚才那么硬了。

他说："这是你的事，与我无关。"

想不到一个做了亏心事的男人居然还能这么硬，她用那种怨恨的目光盯着他，咬牙切齿道："我现在才算看透了你，你凭什么这么狠？不就是因为我们厂垮了，靠你养活了，你想甩掉我这个包袱！

巧　花

难道你不怕人骂你吗？不怕雷打吗？我跟你生活了十三年，为你，为儿子，为这个家我操碎了心……"鼻子一酸，她说不下去了。

费仲林说："你爱怎么说就怎么说，当时我那样求你，要你给我留一点面子，不要闹开，你为什么不听我的？是你自己把自己逼到这一步的，能怪我？"

蒋兴美说："我那是让你气的，我当时昏了，控制不了自己，你就不能原谅我一次？"说这话的时候，她感觉自己已经完全崩溃。泪水夺眶而出。

费仲林沉默了，但只是一会儿："这不是谁原谅谁的事，其实你也不可能原谅我。我反复想过，这样过下去没意思，长痛不如短痛，干脆了结了。"

"说到底，你还是为自己，为那个女人。难道你不应该对我和孩子负责？儿子是你的亲骨肉，我没有什么对不起你的事，你怎么能这么狠心？"蒋兴美索性号啕大哭，她扑到床上，用被子蒙住头，哭得摧肝裂肺。

她哭了很久，听不见动静，揭开被子，发现他人早已不在了。

衣服没带走，门虚掩着。他会去哪里？

或许，他改变了主意，去跟侯玉珠商量？他真的应该感到内疚，没有任何理由抛弃这个家。他说想离婚，这不是真的，他会回来的。只要他回来，就说明他还有良心，她愿意彻底原谅他，男人有点花心算不得大错，想想自己的行为也的确有点太过分。一向要强要惯了，丈夫从来都是让着她的，他并不是没有火性的人，但最终都是让她占了上风，他毕竟还是爱她的。婚前他曾经那样热烈地追求她，当她回绝他时他几乎不想活了。后来他姐姐来跟她谈，说尽了好话，才使她回心转意。当时，那个叫唐健的小伙子也追求她，她也动了情。直到他们结婚后，唐健还给她写过一封很长的信。看了信，她哭了一夜，后来悄悄地把信烧掉了，也许正因为这原因，她才不能容忍费仲林背叛。

蒋兴美用热水洗了个脸，对着镜子梳头，顾影自怜。梳着梳着，眼泪又溢出来……

天黑的时候，听见敲门声，蒋兴美赶紧起身去开门，进来的却是儿子。她问他为什么回来这么晚。儿子说，老师留他们打扫卫生。

那一夜，费仲林没有回来。第二天也没回来……

十三年的夫妻生活就像一场梦，她成了一个被抛弃的女人，抛弃她的不仅是费仲林，而是整个生活。现在她什么都没有了，只有一个与她相依为命的儿子，一个徒有其表的"家"。目前，邻居和她的父母还不知道，她也不想告诉他们。因为，她不相信这是最后的结局，她还想努力，把丈夫从那个女人身边夺回来。她不敢断定费仲林现在是否跟那个女人睡在一张床上，如果是，那就是非法同居，能不能去法院告他们？对此，蒋兴美没有把握，在她的印象中，好像法院不管这事，没听说法院参与捉奸，或是判哪个男人一定要回家。

蒋兴美想过去找侯玉珠，费仲林这样做，肯定是跟她商量好的，而且很可能是她逼着他，软的硬的一起来，女人一旦豁出去，比男人还不要脸。但转而又想，这有什么意义呢？求她放了费仲林？或是跟她撕打一番？没意思。那样只会招人耻笑，不会有任何结果。侯玉珠也不会承认是她要费仲林这样做的。

蒋兴美也想过去找他们单位的领导，她相信领导会同情她，但能不能管得了这种事就难说了。领导可能会劝说，会批评他们，却不能阻止,这毕竟是个人的事,与工作无关。要是能将费仲林的工资扣下来让她去领就好办了,但这种可能性几乎不存在,除非他死了,她去领抚恤金还差不多。蒋兴美并不想他死,尽管她恨透了费仲林,却不相信他的心真是铁打的。

左思右想,似乎只有一条路比较可行:找他的姐姐。

费仲林的父母几年前相继去世了,能够对他施加影响的只有费国香,而且她也有责任管教她的弟弟,当初,要不是她死劝活劝,讲得眼泪都要流下来,蒋兴美也不会跟费仲林结婚。就凭这一点,她难道不应该负责?这样想着,蒋兴美心里又恨起来。

2

费国香接到蒋兴美打来的电话,丝毫不感到吃惊,其实她已经知道发生的一切了。不过她当时没有流露出来,仍装作很吃惊的样子:"是吗?怎么会呢?仲林不是这样的人。"她说现在正忙着,跟蒋兴美约好下班后去她家谈。

不是费国香不想管,这事很叫她为难。仲林这几天一直住在她家,她和丈夫都劝他,看样子,他是铁了心,问让不让他住,不行就另找地方。他对已发生的事不做任何解释,也不说蒋兴美不好,做姐姐的心里还能不明白?丈夫方良对此很气愤,说这种遗弃行为应该受到谴责。说这年头真是全都乱套了,连一向老实的人都学会了赶时髦,"快四十的人了,竟然这样没有头脑,连起码的道德都不要了,离婚是好玩的吗?他还有没有一点责任感?"

方良在单位里是个领导,懂得工作方法的重要,不管心里怎么想,见了小舅子还是客客气气,并不直接干涉他的家政,只婉转地劝说。叫费仲林多为儿子着想,建立一个稳定的家庭不容易。他说单位里有个职工因为有外遇,跟妻子离了婚,又跟相好结婚,可结婚不到一个月,两人闹翻了。为什么?归根到底一句话:野果不能当饭吃!说到这里,他停住了,意味深长地看着小舅子。

方良这番话不是当着国香的面说的,如果她在场,会多心的。这种话只有男人跟男人说,而且是站在旁观者的角度,出于善意。他知道自己的话对费仲林会有触动,也许他现在还听不进去,但总有一天,他会想起来,并反复地思考这句话的含义。对国香,他说急也没用,劝也劝过,听其自然罢。

放下电话,费国香就开始懊悔:何必装作不知道?万一蒋兴美知道仲林住在自己家里,岂不又多了一层误会?她决定晚上去她家,正是出于这样的顾虑,既不想让他们夫妻见面尴尬,也不想蒋兴美对她产生误解。但细想,时间长了蒋兴美肯定会知道的,会怪她作假,怀疑她是否真做过弟弟的工作。

父母在世时,蒋兴美对老人的表现她是清楚的,也后悔当初不该劝蒋兴美嫁给仲林,认为她的确太过分了。国香清楚其中的每一个细节,相信母亲在世时所说的一切。她恨过蒋兴美,却从来没有当面跟她发生过冲突。她们关系一直还是不错的。蒋兴美除了对婆婆不好,跟其他人没有什么矛盾,这样的女人很多,也许只能认为她们命中相克,除此之外还能有什么解释?

到了下午快下班的时候,蒋兴美又来了一个电话:不用去她家,她现在在外面,准备先去接费扬,然后去她弟弟家,晚饭后带儿子到国香家来。

费国香愣住了,她得赶快通知仲林,叫他迟点回来。电话打到齿轮厂,费仲林已经走了。她赶快回家,女儿琳琳正在做作业。问

巧　花

舅舅回来了没有，琳琳说她刚到家，不知道。过一会丈夫也到家了，她告诉他兴美等会要来，怕仲林跟她撞上，急得要命。

方良说："这不要紧，就说你叫她来的，正好大家当面谈。"

"可我还是不想让他们在这里见面。兴美疑心重……"

"没事，我说她会相信的。这事不解决也不行。"

一直到晚饭后，费仲林还没有回来，国香便急得像热锅上的蚂蚁，不停地往楼下看。又过了一会，蒋兴美带着儿子来了，儿子坐在自行车后面。

蒋兴美一进门就感觉国香心神不定。方良告诉她已经叫了仲林，她问："他来不来？"方良说会来的。蒋兴美觉得还有点希望，叫儿子到琳琳房间做功课，然后就向他们夫妻细说事情的始末。

费仲林直到快九点钟才回来，国香来开门，低低地告诉他："兴美来了。"费仲林掉头要走，国香拉住他，"躲也不是事。"他想了想，只好进去。

蒋兴美知道是费仲林来了，停住话。方良走到客厅里，招手叫仲林过来。她赶紧别过脸去，心里只想哭。忽听费仲林在客厅里说："我跟她没什么可谈的。"接着就是方良在那里低低地劝说。费仲林还是不肯进来。蒋兴美便起身，走到外面，说："你要是觉得在这里不好谈，我们回去谈。"

费仲林脸上的肌肉抽搐了一下，说："我不会回去的，有什么话你就在这里说。"

"你还是人吗？"蒋兴美咬牙切齿地问。

"我不是人，是畜生。你还想说什么？"

费仲林话音刚落，就听儿子在他背后大叫一声："你是陈世美！把你头剁掉！"

方良在一旁笑了:"小孩子不要插嘴,这里没你的事,去做功课。"

国香将费扬推到琳琳屋里,带上门,转身道:"不要吵,都心平气和地谈。兴美你冷静一点。"

蒋兴美道:"费仲林,我只问你一句话:你有什么理由遗弃我们母子?是我做了什么见不得人的事,还是你认为儿子不是你的骨肉?"

费仲林冷冷一笑,不语。

"你怎么不说话?说呀。"

"你没做什么见不得人的事,儿子是我的儿子。但是在你的教唆下,他已经成了我的对头,这个家,我还有什么可留恋?"

蒋兴美脸色发青:"你真无耻,我教唆儿子跟你作对?你再想想,不要红口白牙胡说八道!"

费仲林恨恨地看她一眼,拔腿要走。

蒋兴美闪身挡在他前面:"你想溜?办不到。"

费仲林问:"谁规定不许我小便?"

蒋兴美只好让开:"真不要脸!"

方良摇了摇头,和国香相视一笑。

等费仲林从卫生间里出来,方良说:"不要站这里吵,我们到里面坐下来谈。仲林,你们都不要说了,听我讲几句怎么样?"

费仲林倚坐在一排矮柜上,抱起膀子:"用不着,就在这里讲。"

忽听得费扬和琳琳在屋里大声唱:"爱上一个不回家的人,等待一扇不开启的门……"

几个大人都愣住了。蒋兴美鼻子一酸,泪如泉涌,用手满脸胡乱擦着。国香赶紧将她拉到里屋。

巧　花

费仲林不禁有点动容。方良推了他一下："进去吧，人家兴美对你还是很有感情的。十几年的夫妻，有什么解决不了的问题！不要固执了。"

费仲林仍坐着不动，说："强扭的瓜不甜，你不要相信她的眼泪，我就是回去也没法过日子了！"

"刚才兴美已经对我说了，从此以后，再不提这事，就当没发生……"

"这是不可能的。她刚才还在说！"

方良拍着胸脯："我担保，她绝不会再提。兴美你说是不是？"

兴美在里面说："只要他肯跟我们回去。"

费仲林扭着脖子想了一会："她不能干涉我的自由。"

方良明白他的意思，低声道："讲讲清楚，什么自由？你不觉得这样做太过分吗？"

费仲林一瞪眼："我知道你这里容不下我，我走。别拦我路。"说罢一个箭步蹿到门口，方良抓住他的胳膊，却被他用力甩脱，逃命般地去了。

方良追到楼下，费仲林已不见人影。

蒋兴美听见了他临走说的那句话，问国香："他这几天是住在你们这里的？"

国香无法否认："我和方良没有一天不劝他。不过这事也不能急，千万不要再闹，等他脾气过去再说，我知道，他从小就犟得很。"

方良一进门就说："这人怎么变成这个样？不行我看只好找他们组织。""千万别这么干！"国香说，"只会越搞越僵，感情的事……"

"人心变了，还谈什么感情！"蒋兴美已经开始对国香产生反感,"不麻烦你们了。"她推开琳琳房间的门,"费扬,把书本收拾一下,我们该走了。"

国香神情不安地劝:"还是不能闹,越闹越坏。"

蒋兴美好像听出她话里的意思:"国香你不要说了,我知道,你认为我有责任,我不该闹,就因为我那一闹把事情搞糟了。可你也是女人,如果方良大哥跟别的女人好,你受得了吗?你会一点不冲动吗?事情没落到自己头上,哪个都会说,都会劝,可有什么用?当初不就是你死劝活劝,劝得我落到今天这步田地?其实你一个心眼只为你那个活宝弟弟,几时为我想过?"她越说越气,脸上红一块白一块,头发都抖乱了,抬起胳膊往后一捋,"他住在你们这里,好歹你倒是告诉我一声呀,知道我这几天日子怎么过的?你一声不吭,直到我打电话告诉你,还装得像个真的似的!"

国香被她一顿数落,满心不是滋味:"兴美,你不要这样说,我有我的难处,不信你问方良,我到底是批评他还是怂恿他。他不肯回去,我也不能把他撵到外面去吧?你说我没告诉你,告诉你又有什么用?你来了,他走了,他能去哪里?只能去那个女人家!我想到了呀!"

"告诉我,我多少心里还踏实,我不会来抓他。我也没想到会在这里碰见他……算了,我是真正看透了你们这姐弟俩了。"蒋兴美已经认定国香不会真心帮助她,索性把一肚子怨气吐了个尽。转而又对方良道:"我不是怪你,你别多心,你跟她不同,我心里清楚。"

方良一脸愧疚的样子。

"妈,我们走吧。"费扬已经把书包背好了。琳琳站在他身后,表情有点忧郁,她不明白舅母为什么要向妈妈发火。

"走。"蒋兴美走到门口,听见琳琳说:"舅母再见。"回过脸来

巧 花

朝她点点头。只见国香脸挂着，从没有见过她这副表情。

方良拿起手电筒："楼道没灯，我送你们下去。"蒋兴美不要他送，却拗不过他一定要送。到了楼下，他问："那女的住在什么地方？"

"不知道，她已经离了婚。"

"原来的住处你认得？"

"认得，离我家不太远。"

"去看看。"方良说，见蒋兴美有点犹豫，"要不要我陪你去？"

"不，我自己会去。"

其实，蒋兴美这几天已不知多少次动过这个念头，每当她这样想着，头脑里就出现了两种可能的场面：假如开门的是侯玉珠，她可能挡在门口，问你来干什么？蒋兴美不想跟她吵，太丢人；假如开门的是钱刚，他会是什么状态？依然友好？还是憎恨？她想象不出。不过，钱刚憎恨她似乎没有理由，都是受害者，要不是自己揭露了真相，他至今还戴着绿帽子，应该有共同语言。想到这里，她总要不自觉地苦笑一声。最好是先打个电话试试，可是她从来不记得侯玉珠家的电话号码。要是记得，那天晚上她就不会直接闯到她家去，也可能就不会是现在这样的局面。蒋兴美多少有点后悔。

方良将费扬托上自行车后架，对他说："扬扬你要听话，好好学习，不要再给妈妈添麻烦了。"

费扬低下头。

方良又问蒋兴美："你们厂现在情况有没有好转？"

"苟延残喘，看样子非垮不可。"

"能不能找份临时工先干着？"

"只要能找到合适的，我当然想。"

"我们单位没有这种机会，不过我会替你留心的。生活上有什么困难你打电话给我。"

"好的,你回去吧,我们走了。扬扬跟姑爹再见。"

费扬含含糊糊地嘟哝一声。

蒋兴美抄小路回去,小路近了不少,不过可以经过侯玉珠家。她并没拿定主意到底去不去,现在已经快十点钟了,她不过想走那里看一看,想知道侯玉珠是否还住在那儿,仅此而已。费扬明天还要上学,再过一个多星期又要考试了。

有一段路没有路灯,好在月色不错,蒋兴美骑得很快。两边都是围墙,在冬季落尽树叶的水杉整齐地肃立着,更觉寒气袭人。她问儿子:"冷不冷?"

"有一点。"

蒋兴美叫他把手插在她的大衣口袋里。

从十字路口向右拐就进入居民区,这里叫紫竹观,再往前行几十米就能看见侯玉珠家那座楼了。蒋兴美感觉自己的心跳明显加快,她真的不愿来这里,她的痛苦,她的耻辱都是来自这儿。

那是一座旧式的三层楼,侯玉珠家住在二楼,隔着窗帘,能看见里面微弱闪动的光亮,里面人显然没睡,多半是在看电视。蒋兴美扶着自行车在楼下伫立片刻。她考虑有没有必要向邻居打听一下现在是谁住在这里,但似乎又缺乏勇气,何况时间很晚了,人家会见怪的。

儿子说:"我知道狐狸精住在这里,就是那一家。"

蒋兴美没理会,推着车慢慢地往前走。

"妈妈,你为什么不去找爸爸?"

蒋兴美说:"找到他又有什么用?他的心肺都已经烂掉了!"

"我去踢她家门,骂那个狐狸精!"费扬说着就要下车。

巧 花

"算了吧,你坐好,这会让人家笑话。"蒋兴美骑上车,"儿子,我们要有点志气,没有那个黑心烂肺的,我们也能活。他们不会有好下场的。"

骑了一程,儿子又问:"妈妈,你会不会再跟别人结婚?"

"不会,除了妈,谁会对你好?为了你,我绝不会再找人。"

儿子突然紧紧抱住她的腰,脸贴在她的背上。

蒋兴美拍拍他的手,"可是你要听话,要学好,给妈争气!听见了!"

"妈,等我长大,我会给你报仇!"

费扬并没等到他长大,第二天放学后,他就兑现了自己的诺言。他约了两个同学,绕道紫竹观,用砖头砸坏了侯玉珠家的窗户,然后逃之夭夭。回到家,显得很兴奋的样子。蒋兴美问他干吗这么高兴,起先他不肯说,但后来忍不住还是说出来了。蒋兴美吃了一惊,问:"你要死了!有没有人看见?"

费扬说:"没有,是他们俩砸的。"

"以后不许再干这种事,人家会认为你们是小流氓。再说,现在还不知道是谁住在那里,狐狸精已经跟静静的爸爸离婚了,如果是静静的爸爸住在那里怎么办?他跟我们无冤无仇。他已经够倒霉的了。"

儿子傻了眼,问:"静静跟她爸爸住在一起?"

"不知道。"蒋兴美心神不定,"还有,即使是狐狸精住在那里,你砸了她的玻璃,你那死鬼老子肯定会想到是你砸的,他要是不给你生活费,我们怎么过日子?"

"我杀掉他!"

"别胡说八道!你这么一点大的人,怎么开口闭口就说杀人?谁教你的?"

"他也说过要打死我的。"

"那是吓唬你。他毕竟是你的父亲,打你也是为了你好,你根本犯不着跟他作对。"

正讲着,有人敲门。蒋兴美开门就愣住了:是钱刚,他说刚才在家,看见就是费扬和另外两个小孩砸砖头,把家具都砸坏了。

蒋兴美尴尬极了,连说"真对不起"。儿子却在她身后叫嚷:"不是我砸的!"她转过身训斥:"你闭上嘴!"又对钱刚说,"我赔你。"

钱刚温和地说:"我倒不是这个意思。我正想来找你谈谈。"

蒋兴美让他进来,向他表示歉意,告诉他费仲林已经抛弃了这个家。

钱刚说侯玉珠也是主动提出离婚的,他们平静地分了手,现在她住在她的一个姑妈那里。静静由他抚养,平时跟爷爷奶奶住在一起。他似乎很想得开,认为既然事情已经发生了,气也没用,一切顺其自然。

蒋兴美向他讲述了事情发生的经过,言语间多少流露出一点后悔的意思,她说当初要是冷静一点就不会闹到这一步,把两个家庭都拆散了。

"这不是你的过错,其实在这之前我已经有点怀疑,侯玉珠以前内衣穿着不是很讲究的,也就是从去年开始,尽拣高档的买,还问我是不是很性感。女人有了外遇才会干这种愚蠢的事。在当今这个时代,男女到了这个年纪很容易出问题,西方文化的影响,加上生活条件优裕,精神就会感到空虚,我平时太宠她,家里什么事都不要她动手，没想反而落得这种结局。"钱刚流露了内心的隐痛。

这一来便引出蒋兴美满腹苦水，她滔滔不绝地向他诉说费仲林如何不讲良心，讲自己为这个家庭作出的牺牲以及目前的处境，直说得泪水涟涟。

钱刚深表同情，问是否需要他的帮助。蒋兴美说不需要。

他感叹："世上的事总是这样阴差阳错，真心实意换来的却不是好报。我跟侯玉珠刚认识时，怎么也想不到她会是这种人，蒋大姐，说心里话，她只要有你一半的好处，我也就满足了。"

蒋兴美看了他一眼，心里突然有点忐忑不安。

"你现在打算怎么办？"

蒋兴美沉吟不语。

"我认为你应该振作起来，重新开始自己的生活。"

"振作起来？"蒋兴美苦笑一下，摇摇头。

"既然他已经抛弃了你和孩子，为什么不能跟他一刀两断？"

"我就是不想让他们称心。"

钱刚笑道："这又是何苦！还是想开点好。人生不就这么几十年吗？他们俩如果是真心相爱，就让他们去好了，他不爱你，你跟他赌什么气！"

蒋兴美不想再跟他谈下去了："时候不早了，我要做饭。扬扬，你怎么还不做作业？"

钱刚识趣地站起来："我告辞了。蒋大姐，真的，我希望你好好考虑考虑，不要太意气用事，这年头人的观念也要更新，要跟上时代。"

蒋兴美将他送出门，回过头来，仔细琢磨他刚才那番话，总觉难以理解他的超脱。

3

现在是真正的冬天了，一阵寒流袭来，气温陡降，外面已经结冰。蒋兴美以为费仲林总要回来取衣服，他走的时候穿得不多，内衣也早该换了。她从橱里取出他的棉毛衫裤、厚毛衣和羽绒服，趁着白天太阳好的时候拿出去晒。衣服都是她亲手编织的，常是打到一半让他套上试试。有一次，就是试这件灰色的，她叫他转过身时，不当心被袖子上的毛线针戳了眼角，眼睛疼了好几天；买羽绒服是费扬刚上学那一年，第一次转了几个商场，衣服没买到，钱被小偷摸去了，她懊恼得跟他吵了一气。第二次她一人上街，一眼就看中这一件，买回来他也很满意……他的衣服没有一件不是她做主添置的，小至每一条裤头，每一双袜子，她都能记得在哪里买的，花了多少钱。甚至还价的情景……现在她的手摸着他穿过的衣服，心里涌起一阵阵悲哀，似乎有种他已经离开人世的感觉。想不通他怎么能这样无情，一起生活了这么多年，好像连肉都长在一起，他竟能不顾她的疼痛，生拉硬扯撕开来，她的心在流血，难道他不知道么？

太阳偏西时，她把衣服收回来，一件件叠好，装了一大包，等他来取。可是他没来，他情愿挨冻也不想回这个家，这个畜生，冻死他活该！可是今天已经是十六号了，他总得要把儿子的生活费送回来吧？他答应给四百块钱，她相信他不敢赖，如果真不给，就去法院告他！

蒋兴美打了个电话给方良，叫他来把他的衣服拿走。搁下电话才想起又该去缴费了，每月都要缴三十来块钱电话费，其实很少使用，还不如停了它，多少省点开支。她决定去电信缴费时顺便办理

巧　花

停机手续。

　　做出这样的决定后,蒋兴美难过了一阵:两年前,刚装上电话时,一家人多高兴啊!那时亲友中大部分家里都已经有了电话,国香早就劝他们装,说这是大趋势,以后家家都要有电话,否则会觉得生活不方便。她总是犹豫。拖了几年,初装费年年上涨,涨到三千五百元,想想还是得装。有了电话的确是方便,当时儿子上三年级,中午回来吃饭,她在厂里看看钟,估计他要到家了,就往家里拨电话,盼咐他饭在焐子里,把汤热一热,走的时候把防盗门锁好,放学早点回来……每天中午可以通一次话,母子俩都觉得温暖。现在她天天在家,没有通话的必要了,但电话是现代人生活方式的象征,停了心里很不是滋味。她对自己说,蒋兴美呀,你怎么混得这么惨!连个电话都用不起了,但这是无情的事实,好在外面到处都有公用电话,需要的时候走几步路,花几毛钱就行了,还是暂时停了它,今后情况如果有所好转,再恢复使用也是可以的。

　　每次来缴费,蒋兴美心里都有点紧张,她记得有几次费用大大出乎她的预料,正常的最多不超过三十二三元,可有一回竟高达六十多元,她认为肯定是哪里搞错了,不可能用这么多的。收费员说电脑计次不会错,可以去核查。排在后面的人说根本查不出结果,经常有这种事,电脑宰客,叫你有苦说不出。收费的不耐烦了,问缴不缴,不缴就让后面的人。她只好硬着头皮缴,一肚子懊恼,自认倒霉。

　　这一次还好。二十九块八。蒋兴美缴过费就去办停机手续,理由是最近家里没人。正当她办完要离开时。听见有人叫"小蒋",她回头看时却是原来同一个车间的李玉。李玉穿着漂漂亮亮,兴高采烈地问长问短。她现在处境比以前还好,父亲托人在交通银行给她谋了个职业，当然是临时的，不过待遇相当好，每月收入都有一千多块钱，还有额外的福利。她问蒋兴美情况如何，她惨兮兮地苦笑："不能谈，一塌糊涂！"告诉她刚刚办理了电话停机手续。李玉好像还有点不相信，追问到底是什么原因，蒋兴美不得已把家里发生的事告诉她，但叫她不要跟别人说。李玉表示非常同情，说："前几天碰到赵志安，听他说厂里把一间厂房租出去给人家当仓库，有些人已经回厂上班了，你为什么不去问问？"

这个消息使得蒋兴美兴奋异常："真的？"

"我想不会假吧，赵志安说，不这样不行，一百多块钱的生活费都快发不出来了。其实早就该这样办。主要我们厂位置不好，要是在市区，改做商场就能解决大问题了。"

蒋兴美有点迫不及待："我现在就去，以后有时间再谈。"

李玉留了个电话号码给她："我们联系。祝你成功！"

蒋兴美顶着刺骨的寒风，骑着车赶到厂门口，只见大门关着，连个人影也不见。她敲传达室的门，门卫问她来干什么，她重复了从李玉那儿听来的消息。门卫说，是有这么回事，人家单位同意接受十几个人给他们管理仓库，厂里只照顾双职工家庭，名单早已定了。

蒋兴美心里凉了半截，但不死心，她还想进去试试。

她找到厂长，诉说自己的不幸。厂长没等她把话说完就知道她的来意，劝慰道："你的困难我知道了，但是比你还要困难的人怎么办？人家也是上有老下有小，夫妻俩就拿两百多块钱，这日子怎么过？"

蒋兴美说："我不是要跟他们比，如果有可能的话，厂长你看能不能增加一个名额？我实在是没有办法……"

厂长使劲摇着头："不可能！我们跟对方也是扯皮扯了半天，

巧　花

好不容易才争取到十六个名额，说句不好听的话，你又不是他七大姑八大姨，人家凭什么为你增加一个负担？你说呢？"

听了这话，蒋兴美哭了。她伤心的是自己成了社会的累赘，多余的人，她哀怨自己命不好。

厂长一声不吭地抽着烟，末了表示实在是爱莫能助。

她怀着最后一线希望问厂长："如果今后再有这样的机会，能不能照顾一点？"

"我们尽量照顾吧，到时候再说。"

这完全是一句空话，她知道不过是想把她早点打发走，心里一股怨气直往上涌，她想说：你们这些当领导的，把个厂弄到这步田地，工人饭碗砸了，可你们照样在这里混！你们真不是东西！但话到嘴边忍住了，说不定以后还要找他，讲些气话得罪他又有什么好处？

出了厂门，蒋兴美想到有一阵没去父母那里了，两位老人还不知道女婿离家出走，她不想告诉他们，也没告诉她的弟弟和弟媳，这种事除了让自家人觉得丢脸之外，他们什么忙也帮不上。既然如此，又何必向他们诉苦？

女儿看父母，总不应该空着手，蒋兴美经过农贸市场，买了两条活鲫鱼，一把韭菜，又买了点父亲爱吃的麻油酥烧饼，共计花了十几块钱。行了，这也只是表示一点孝心，买多了老人心里反而不安。父母都有退休工资，身体也还可以，这是值得欣慰的。

母亲坐在门口择菜，见女儿来显得很高兴。父亲照例是不在家，他每天出去跟人家下棋，这是他退休后生活的主要内容。蒋兴美一边帮母亲择菜，一边问问父亲前列腺手术后的情况。母亲说还好，她关心的是制药厂状况有无好转。蒋兴美忍不住把刚才去厂里的事讲给她听。母亲依然是劝她不要急，说："仲林厂里效益不是还可以嘛？将就着过吧，这年头，像你们这样就算不错的了。"又问，"他们元旦休息几天？"

蒋兴美愣了一下，说："他可能要加班。看情况，他要是没空，我带扬扬过来。"

母亲说："元旦还加班？看来厂里任务还是比较足，这是好事。你们可以晚上来嘛。"

蒋兴美无话可说了。她明明知道纸包不住火，但总期望费仲林回心转意。倘若事情不久就有转机，为什么要让老人多承受一次打击呢？她仍旧不相信他的心就这么冷酷。

因为还要赶回去给儿子做饭，蒋兴美跟母亲聊了一会就告辞了。母亲用保鲜盒装了些熟菜给她带回去，叮嘱她注意营养：天冷了，家里最好装个煤炉……

蒋兴美确有这个打算，以前每天上班，厂里冬天有取暖炉，现在整天闲在家里，真觉得冷得有点吃不消，条件好的人家都装上了空调，她和费仲林也曾经有这个想法，但考虑费用太高，也不是非常必要，所以始终下不了决心。眼下更是想也不敢想。电取暖器虽然花不了多少钱，可耗电厉害，不如煤炉经济，取暖效果也好；炉子上还可以炖水，室内不干燥，也有热水用。问题是装炉子很麻烦，要装烟囱，谁来给她装？这种事都是男人干的。叫弟弟来帮忙倒是可以，但这样一来，费仲林离家出走的事就无法掩盖。另外，多年不用煤炉。她也不知道蜂窝煤去哪里买，附近好像没有煤店；即使买到了，又怎么运回家……想到这些，蒋兴美心里更是凄惨，连骑车的劲都没有了。

街上的车辆像流水一样，一辆红色夏利出租车在路边停下。跳下来一位身着皮装的年轻姑娘，步履轻捷地走上人行道，显得那么

巧 花

漂亮，那么迷人，浑身上下都散发着生命的活力。相比之下，蒋兴美感觉自己从里到外都是灰暗的，连骨头缝里都渗透着寒意。人跟人真是太不一样了！

尽管有这么多人下岗，商店的货架上还是琳琅满目，不乏购物者；证券公司大厅里也是人头攒动；一座座大楼春笋般拔地而起；数不清的餐馆、舞厅、酒吧、桑拿争相开张。这世上有钱人越来越多，但没钱的人也多。蒋兴美现在就是属于没钱的那一类人，以往她是最喜欢逛商店的，现在却丝毫没有这样的兴致，人生的航道上，她已经沦落到底层，像条破船。她记不清曾在哪里看见过这样的诗句："沉舟侧畔千帆过，病树前头万木春。"这正是她目前心境的写照。

蒋兴美并不认为自己无能，比她更无能的女人多的是，女人的命好不好取决于能不能嫁一个好丈夫，自己有没有好工作还在其次。她认为自己命不好，碰上费仲林这种丧尽天良的男人，一步走错，一辈子就完了。

回到家门口，邻居孙妈妈出来倒垃圾，问她是不是找到工作了，说上午居委会来登记下岗人员，可能是要办什么就业培训班。蒋兴美对此没有兴趣，她知道现在到处都在办这种培训班，无非是学习烹调、缝纫之类，学了也不见得就能有工作。何况这两样她都会，根本不需要学，蒋兴美做菜是最拿手的，在她家吃过饭的人，没有一个不夸味道好。她并没有潜心研究过，手边有一本《家庭日用大全》，介绍的全是生活中方方面面的知识，虽然粗浅，却很实用，是家庭主妇过日子的教科书，照着书上说的方法做出来的菜味道就是不一样。费仲林很欣赏她的手艺。侯玉珠夫妇俩也在她家吃过，钱刚赞不绝口，说侯玉珠炒的菜还不如他，说费仲林好福气，每天都能享受这种美味。当时蒋兴美还很得意。钱刚也是个大傻蛋，他哪知道费仲林真正享受的是跟他老婆睡觉！想到这，蒋兴美心口就堵得慌。有一种被愚弄的感觉。

傍晚，方良和国香一道来，说是来看她，蒋兴美知道他们是来取衣服的，国香肯定早就想到这一点，生怕她的弟弟冻着，所以一叫就来。他们带了点奶粉香肠什么的放在桌上。蒋兴美连看都不看，指着收拾好的那包衣服："这都是冬天穿的。你们是不是准备把他所有的衣服都带走？"

费国香连忙解释："不是这个意思，兴美你不要误会啊！"

方良证明："那天你走了以后，她一夜都没睡好，恨费仲林不讲良心，第二天又去他单位，找了那个女的……"

蒋兴美摇摇手："不必说了，国香我讲句不怕你见气的话：现在即使是你家老子娘活过来也劝不了他，他魂都被那个女人勾走了！他心里哪还有我们母子？"

国香说："这倒也是。"停顿片刻，"不过他跟我说过这样的话：说扬扬跟你亲，跟他疏远，有时还故意跟他作对，他说是你教的……"

"放他的狗屁！"蒋兴美怒不可遏，"我怎么会教儿子跟他老子作对，小孩子都有不听话的时候，他怎么教育？动不动就骂，骂不够还要动手打，我怕他打失手，总是要拦的吧？他就说我护儿子，说我不会教育，他会教育！儿子发现他们干坏事，怕他打，一直不敢讲，他又是威胁又是哄，这像做父亲的样子吗？"

"那种教育方法不对头。"方良表示赞同，"仲林是不会做父亲，应该言传身教，耐心跟他讲道理才是，越打越坏，做妈的关心体贴，儿子当然跟妈有感情。他那个话不能信！"

巧　花

国香道："我也不相信啊！兴美怎么会叫儿子跟他作对呢？"话虽这么说，表情却又是另一番意思，似乎还有些话不便说。

"上午接到你的电话。我就告诉国香，她说正想给你送钱来，所以我们俩就一起来了，衣服当然也准备带去，但只要冬天穿的，其他的不带。"

蒋兴美说："我看还是一起带走好，还指望他回来？除非等到他跟那个狐狸精快活够了，玩腻了，闹翻了。那时候呀，哼，他再别想进这个门！"

"话也不能这么说。"费国香对兴美这种语气反感，心里想这也难怪仲林，他受够了，男人还能没有点气性？

方良心平气和地："看样子，十天半个月他不会回来。不过，如果哪一天他回来，兴美你还是应该欢迎他，理智一点，能回来就说明他还有点良心，不要硬往那方面想，何必呢？"

国香掏出钱放在桌上："他说他跟你讲付给扬扬四百块钱，是吧？我跟方良商量好了，我们再加一百，共是五百块钱……"

"我不要你们的钱。他的我留下，这一百你们拿走。"

方良说："这么说就见外了，都是亲戚，一向处得都还不错，我们经济条件还可以，而且也应该承担一点，你说是不是？"

"我不要，说不要就不要！"

蒋兴美把一百块钱塞进国香的衣服口袋里。那一位又掏出来放在桌上。蒋兴美有点火了，一把抓起捏成一团硬塞进她的衣袋里。国香像跟她打架似的揪着，在原地打转。

方良唉声叹气道："兴美你这是何苦！孩子要吃要穿还要上学，你那点钱哪里够？"

"不够也不能用你们的。除非你们让费仲林写个条子来，证明是他的。"

"你先拿着就是！"国香气喘吁吁。

这时有人敲门。

"谁呀？"蒋兴美问。

"是我，小蒋，我是钱刚。"

蒋兴美只好去开门。心想：他又来干什么？

钱刚手里拎了一个沉甸甸的白色塑料袋，伸头向里面看了一眼："你有客人？"好像不准备进来了。

"不要紧，你进来就是。"

钱刚把塑料袋放在墙角："是这样，单位里发的肉类小包装，我一个人根本就吃不了，冰箱里还有。我想你可能需要，就送来。"

蒋兴美显得有些尴尬："这，这……不，你还是拿回去，我不需要。"

"怎么会不需要呢？你们母子俩总要买的，我真的是吃不了！摆坏了可惜，真的，小蒋你不必客气。"

说实话，蒋兴美没有理由拒绝他的一片好意，也相信的确是他单位里发的，单位福利好，经常发些这类东西，以前就听他说过。现在他女儿不在身边，一人怎么也吃不了；而她却很需要。在肉联厂门市部买这些至少要一百块钱。只不过，蒋兴美觉得他这样做有点说不出来的味道。他干吗对她这么关心？再说他来的也不是时候。丈夫刚离开家，就有男人来关心，国香会怎么想？

国香确实有点奇怪："这位是……"

蒋兴美不知道该怎么介绍。

"我姓钱，钱刚。你们二位是小蒋的亲戚？"。

方良说："是的，我是他姐夫。"

巧 花

"噢！"钱刚笑道，"姐姐和姐夫，我跟小蒋是朋友，常来往的。"

蒋兴美心里急得像什么似的，却又不好解释。

国香问："你在哪个单位？效益很好吧？"

"省外办，还不错。"

"你怎么一个人，还没成家？"

"不提了不提了！"钱刚摇头苦笑。

"那么是离婚了？"

钱刚点头，又叹口气："我不打扰了，你们谈，我走了。"他又对蒋兴美道，"你多保重。"

蒋兴美把他送出去，心事重重地关上门。

国香说："他岁数好像还没你大，怎么叫你小蒋？"

"习惯了，一开始就这么叫，我也不管，随他怎么称呼。"

国香好像已经悟过来了："他是不是那个女人的丈夫？"

方良吃了一惊。

蒋兴美只好点了点头，说："都来同情我，我现在成了可怜虫！"

"你的困难是现实，不要拒绝别人帮助，也是应该的。"方良力图淡化令人不安的气氛。

国香说："这个人好像还不错，他老婆长得怎么样？"

蒋兴美气不打一处来："我又没有她照片，反正是女人样呗，有点妖里妖气的。早知道这样，根本不跟他们来往。"

"这个人，他说他常来？"国香别有用心地问。

"总共不过两三回，都是跟他老婆孩子一起来的。我不知道他什么意思。"

蒋兴美何尝听不出国香话里的意思？但又不好发作，那样反而显得自己心里有鬼。

接下去便是沉默,都不知该说什么。方良向妻子使了个眼色,示意要有点分寸,不要再制造尴尬。

国香也是个聪明人,随即调转话头:"管他什么意思,他既送来你就拿着,谁叫他管不住自己老婆,害人家一家子。"缓解了气氛,同时也为费仲林开脱。又说,"都是这样的,男人老好,女人就不安分;女人好,男人就作怪!"这又有点讨好蒋兴美的意思。

夫妻俩又安慰一番,国香再不提那一百块钱的事。

到临走时,方良悄悄碰一下国香,暗示她把钱丢下;国香没吭气。

这一切,蒋兴美都看在眼里。

蒋兴邦已经将近半个月没有跟兴美联系,他的妻子赵露洁病了,右乳房出现一个肿块,而且发展得很快,医生认为不像小叶增生,建议她做进一步的检查。

露洁很可能需要住院开刀,兴邦想,母亲年纪大了,不宜照料,只好请姐姐帮个忙,她现在最宽裕的就是时间。他给兴美打电话,却怎么也打不通,心里纳闷,难道她找到工作了?

下班后,他特地绕道去了兴美家。

这一来,蒋兴美非告诉他真相不可了,其实她也正在考虑有没有必要对自己的父母和弟弟隐瞒下去,讲了吧,面子上有点难堪;但看费仲林现在的态度,短时间内不会回心转意,瞒又能瞒多久呢?

兴邦自然是大吃一惊:"怎么能这样不负责任?我要去找他领导谈谈。"

"领导能管得了这种事?"

"不找他们找谁?至少要领导知道这回事。给他一点压力。这是个品质问题,他现在也算个干部了,不能不重视领导对他的印象。"

蒋兴美不语。

"到了这一步,你还有什么可犹豫的?"

"或者你先找他本人谈谈,看他到底什么打算。"

兴邦说。那也行。

费仲林并没有想到兴邦会来找他,但兴邦出现在他面前时,他仍紧张了一下:"兴邦,你找我?"

"当然是找你。"兴邦见工会办公室里有几个人,"我们是在这里谈还是到外面去谈?"

费仲林一声不响地站起来往外走。

蒋兴邦跟着他来到走廊里,站定了:"兴美已经告诉我了,我想问你现在怎么打算?"

费仲林眼睛盯着窗外光秃秃的树梢:"我还能有什么选择?"

"这话是怎么说?你这样无情无义,良心上说得过去吗?"

"可你不了解事情的来龙去脉,不能说责任全在我,我有错,但我从来没有想到过要离婚,更谈不上要抛弃老婆孩子,我是被她逼的!"

"我明白你的意思。你想说她不肯给你面子,硬要把事情闹开,是不是?可你有没有想过,一个女人在那种时候是什么样的心情?"

"我哀求她,我说不会再有这种事了,每个人都有可能有感情出差错的时候,你说是不是?可她死活不肯给我机会,我不能说是一时冲动,她向来如此。再往远处说,她一向要强你是知道的,她对我父母的态度你也是知道的。现在我父母都不在了,我不能想那些事,想起来心里就像刀剐……还有,她剥夺了我和扬扬之间的感情,儿子像是她养的一条狗,我不能碰。你不妨替我想想,在这个家里还有我的位置吗?"

兴邦看着他那张激动的面孔，怒气似乎消了一点："你说，你说完了没有？"

费仲林当然不是装出来的，他的确有一肚子怨气："要我说，三天三夜也说不完！兴邦你也是男人，你应该理解我；兴美是你姐姐，你要为她讲话，我也能理解。一个家庭，说简单也简单，就这么三口人，按说有什么矛盾解决不了？但事情往往不是这样，如果你处在这样的家庭中，你就会明白，一个男人没有自己的尊严是什么滋味！丈夫不像丈夫，父亲不像父亲，儿子不像儿子，局外人以为我很幸福——不错，我承认蒋兴美为这个家付出了很多，她也辛苦，但她的辛苦是肉体的，我的痛苦是精神的，不管你信不信，我做了错事，从某种意义上说也有她的责任。我并不想坚持自己的错误，而她的做法目的是要把我彻底压垮，让儿子也瞧不起我，在这种情况下，我还能有什么选择？"

兴邦觉得他说的够多了，该自己发表意见了："夫妻之间的是非谁也说不清，我相信你的话有一定道理，但不全是这样；兴美要强是真的，但她绝不是你说的那种蛮不讲理的女人，这一点，我坚信不疑！她失去了工作，心情不好，更需要安慰，你在这样的时候抛弃她和孩子，这道理，随你说到哪里都是说不通的！没有一个人会同情你，而不同情她，现在你应该多想想他们，想她的好处，想想她和儿子的处境，不要只想着自己，这是做人的基本的道德！"

"怎么叫抛弃？我承担抚养儿子的责任，所有的家产都给了她，我们全部积蓄就是那两万块钱集资债券，也丢给她了。我几乎是两手空空地离开了家，还能要我怎么样呢？我现在连个住的地方都没有，你以为我喜欢这样？"

兴邦叹了口气道："你丢给她多少，这不是问题的根本，钱能

巧 花

说明什么？目前的事实是你离开了这个家，这就是抛弃，你要离婚，她不同意，于是你甩手就走，这还不叫抛弃？你说连住的地方都没有，这也是你自己造成的。她现在希望你回去，希望保留这个家，这就证明她对你还是有感情的。我的意思是过去的事就让它过去，不谈它了，一切重新开始。你看行不行？"

费仲林犹豫了一会："我跟她，实际上只是形式上的夫妻，她几乎没有那方面的要求，这是无法勉强的。不信，你可以去问她。"

兴邦问："从什么时候开始的？"

"已经有好几年了，她经常让扬扬跟她睡，我不知跟她讲过多少回：孩子不小了，这样对他心理发育是不利的，根本不理会。说到底一句话：她压根儿就不需要我！"

至此，兴邦似乎已经明白了，他相信这都是真的。话说到这个份上，再往下谈就没有意思了。他打消了去找他们领导的念头。人间的悲剧，许多都是因为这些难以启齿的原因造成，费仲林今年才四十岁，他有生理上的要求，这很正常，这能怪谁呢？兴邦只能在心里暗暗为自己的姐姐感到悲哀。

检查结果出来了，赵露洁乳房里的肿块是恶性的，是癌！

兴邦拿着那份检查报告，心沉了下去，顺着长长的走廊向前走，只觉身体轻飘飘的，像踩在云彩里。医务人员和病人从他身边匆匆而过，也像影子一样。

露洁坐在靠近门厅的长椅上，正低头看自己的病历。直到兴邦走到她跟前才抬起头来，笑问："怎么样？"话音才落，脸色已变。她从丈夫的表情上已经看到了结果。

"医生说，可以切除，乳房上的东西和其他不同，不会留下什么。顶多手术后做一段时间化疗。"他不想提到那个可怕的字眼。

露洁故作轻松道："就是少了一个奶子，怪难看的。"

"那倒不是大问题，胸罩里塞点泡沫就行了。"

两人都笑了。兴邦说，要争取时间，尽快做手术，防止扩散。

赵露洁住进医院那一天，蒋兴美带了些水果去看望。病房里有几位年轻漂亮的女孩子，她们都是露洁的同事。礼品堆了小半个床，相比之下，蒋兴美的东西价值轻了些。她顺手放在床下面。

赵露洁介绍："小蒋的姐姐。"

蒋兴美向她们一一点头致意，问："兴邦呢？"

"大概是下楼去了，一会就来。"

一个留披肩长发的姑娘起身让座。

蒋兴美按住她："不客气，我是家里人。你们聊。"她打量四周，站了片刻，然后转身出去，一位女清洁工正用拖把擦地，水磨石地面湿漉漉的，她走过去时，清洁工说："滑，当心点。"蒋兴美觉得声音有点熟，回头看，不觉惊喜："杜建芳，怎么是你！"原来是同一个班组的。

杜建芳一巴掌拍在她肩膀上："哎呦呦，兴美啊！真想不到会在这见面！"

"在这里干多久了？"

"才来几天。闲在家里也是闲，一月三百多块，总能补贴一点。你呢？"

"没有，没找到工作。"

杜建芳道："你是无所谓！我们不行，那点钱哪够过日子？"

蒋兴美说："什么无所谓？想找活干找不到倒是真的。倒霉的事情都落到我们这些人头上，这里弟媳妇又得了乳房癌，马上就要

巧　花

开刀……唉！"

"就是上午刚来的那一位？现在真出鬼，以前也没听说过有这种病。说是这种手术刀口很大，不过要是做得干净能除根。"杜建芳前后看了看，"要给医生塞红包的！你们送了没有？"

"我才来还不知道，一般要多少？"

"这哪有什么标准，有多有少，最少恐怕也要四五百，多的一两千。当医生的都发死了！不给不行啊，小命攥在他手里。"

蒋兴美身上倒是带了点钱，露洁开刀，总要表示点意思。她跟露洁关系处得还不错，再省，这个钱不能省。她不觉捏了捏衣服口袋。忽然脑子里闪过一个念头："哎！小杜，你晓得这里还要不要人？"

"你也想干这活？"杜建芳好像有点不太相信，"跟我一道来的有四个人，都是下岗的。不知道他们还要不要了。不过我可以帮你问问。"

"那就多谢你了！"蒋兴美的如意算盘是这样，既能照顾露洁又能挣点钱，哪怕是干一个月也是好的。为了避免谈自己家事，她问杜建芳知不知道其他人的情况。

杜建芳知道不多：刘颖跟他丈夫做木材生意，好像干得挺来劲；朱小梅正在考驾驶执照，准备开出租车；耿玉标跟人家搭伙做了鱼贩子，每天早晨开着个带斗子的手扶拖拉机送鱼……说到这里，杜建芳突然想起来了什么："五车间有个姓林的给抓起来了，你听说了没有？"

"为什么事？"

"说是盗窃，偷人家工厂里的电缆，一伙人作的案，穷疯了！"

"再穷也不能干这种事。"

杜建芳却有点同情那个人："肯定是走投无路才铤而走险，他要有点办法何至于冒这个险。前段时间,晚报上登了个消息,说有个下岗女工上吊自杀,就是为小孩学校要交什么钱,二十多块钱拿不出来,一急就寻了短见。你说可怜不可怜!"

"她家男人呢?"

"男人跟她离婚了,这种男人也真是畜生!"

蒋兴美听呆了:"有这种事?"

"怎么没有?就是上个星期晚报上登的。"

一股冷气从脚后跟升起来,蒋兴美不觉打了个寒颤。

正当这时,赵露洁送她的同事们出来,蒋兴美也上前表示感谢。杜建芳说有空再聊,又继续干活。

蒋兴美和赵露洁回到病房里,心里还在想着那个寻短见的女人,深深地叹了口气,可见这世上还有比她更不幸的。自己手里多少还有两万元集资债券,到六月底就是两万四千,她庆幸自己不会落到那种悲惨的地步。露洁也不幸,是另一种不幸,尽管她仍是有说有笑很不在乎的样子,蒋兴美能想象出她的精神负担不比自己轻。

"兴邦到哪里去了?怎么还没来?"

露洁低声告诉她:"去找主刀医生,现在作兴送红包,开膛破肚的事,就怕医生不负责任;说起来是明令禁止,病人照送,医生照收!"

"送多少?"

"太少也不行,六百。"

蒋兴美掏出三百块钱塞到露洁手里。露洁抵死不肯收:"我跟兴邦商量还要帮助你,怎么能反过来拿你的钱!你现在够困难的了。"

蒋兴美:"再困难也不在乎这一点。我也不会要你们的,兴邦知道,我还没到那一步,眼下不会有什么问题。"她把钱塞到枕头

巧 花

下面，用手压着。然后问露洁医药费能不能全报，手术后还要住院多久。

两人正聊着，蒋兴邦跟着主治医生从后面进来了。医生四十来岁，红光满面，态度也和蔼，他叫露洁放心，说这种手术他做过很多，不会留下后患的。蒋兴美不自觉地看一眼他白外套的口袋，里面鼓鼓的。心里说不出嫉妒还是鄙视，她想儿子长大了最好也让他学医。

医生说开刀时间初步定在星期五，吩咐了一些注意事项，然后就走了。

同病房的另一位病人说："周医生医术不错的。"她患的是小叶增生，已经是第二次开刀了。

露洁跟她谈论病情。兴邦对兴美说这些事都不要告诉父母，免得让他们忧虑。兴美说再过几天就是元旦，父母肯定要他们去，怎么瞒得住？兴邦锁眉头想了一会儿："实在瞒不住只好如实告诉他们，有什么办法呢？"

姐弟俩谈了一会，兴美正想告辞，杜建芳来了，说已经替她问过，医院暂时不需要添人。兴美说那就算了，她也是随便问问，不过觉得有个熟人在会比较自在。杜建芳说会给她留心，一旦要人就通知她。

虽然隔着一段距离，兴邦隐约也听出点意思，杜建芳走后，他问兴美："碰上熟人了？"

兴美说："原来一个小组的。"

"是不是想找点事做？"

兴美点点头："现在不能指望别人，我想随便什么活先干着，混一天算一天。闲在家里，时间也浪费了。"

兴邦转身问露洁上次说的那个朋友那里还要不要人。

"可能已经找到了。"露洁想了一下,"丁群那里行不行?"

兴美知道,丁群是兴邦的小学同学,两人一直比较要好。

兴邦告诉她,丁群因为跟单位领导关系闹僵了,一气之下退了职,在正业路开了一家鞋店,听说生意还不错。

蒋兴美不想在熟人店里干,觉得面子上难堪。再说人家未必正需要人,何必让他为难。

露洁说:"这倒也是。"

同病房的那位女病人问:"姐姐是下岗的?多大岁数了?"

蒋兴美告诉她:"三十六。"

露洁说:"想找份临时工,你有没有办法?"她们俩已经谈得比较投机。

"等我家那一位来问问他,也说不定有点办法。"邻床的丈夫在报社工作,接触人多,"这年头什么事都要有关系,不要看报纸上登广告招人,其实那都是假的,该进去的人早就定下来了,因为有规定,招聘要通过人才市场,不能不做做样子。"

蒋兴美说:"我什么特长都没有,原来是制药厂的包装工,像那种招聘的事我干不来,只能做点简单的事。"

"行,我知道了。"邻床女病人说。

自从听杜建芳说那个下岗女工的自杀的事以后,蒋兴美开始迫不及待地想找工作,不过也仅仅是想而已,她不知道去哪里找工作,这个时代到处都是机遇,但都与她蒋兴美无缘。其实她也看见了,农民工正潮水一样大批大批地涌入城市,搞建筑,搞装潢,收购旧家电,卖蔬菜,卖鸡蛋,卖水果,卖早点,甚至收破烂,拾破烂,都能活下去,有的还拖儿带女,租一间临街的小披子,做点小

巧　花

买卖，一家人都在城里落下脚。反倒是自小生活在城市里的她，只会花钱从他们手里买东西，让他们赚自己的钱，却没有学会从他们手里赚一分钱的本领。那些事，她实在是干不来，总觉得有点丢人现眼。农民干的都是城里人不屑做的事，城里人要做就要做得像样子，不谈做什么大买卖，开个打字复印社、小餐馆、美容美发店，或是烟酒百货店都不丢人，可是开店要有本钱，即使是卖熟食、卤菜也要有个店面或是售货亭，卖服装布料也要花钱租柜台。蒋兴美手里仅有一千多块钱，还要过日子。再说也不懂行，蒋兴美天生就不是做买卖的人。

当这个社会的变革刚刚开始，许多像她一样的全民企业职工其实并没有意识到变革的含义，什么是市场经济？这和工人有什么关系？还是这个国家，还是在共产党领导之下，不过多了些商店和有钱的个体户，多了些农贸市场和小摊小贩，除此之外，在他们眼里一切都没变，他们只是按时上下班，到发工资的时候在工资表上签个名，拿了钱回家过日子。虽然物价上涨了许多，但副食品补贴也增加了，这使人民更有一种安全感：就像父母生下孩子，怎么说也得把他养大，这是不容推辞的责任。既然工厂是国家办的，企业也就是国家的一个部门，有问题找领导，这是天经地义的事。很少有人会去思考党政机关和全民单位有什么根本区别。如果说有区别，大家都是父母的孩子，都有权享受父母的关爱，这毫无疑义。

后来，"政企分家"，增强企业自主权，实行厂长负责制，在一般人眼里看来就只是换汤不换药，不过是书记和厂长谁大的问题。直到一再强调的"企业效益"在浮动工资上真正体现出来，人们才总算尝到了改革的滋味，渐渐明白是怎么回事。尽管有点牢骚，还不至于恐慌。

然而，做梦也想不到的事居然变成了铁的事实，终于有一天，工厂停产了，发不出工资了，全民企业成了一文不名的空衔，政府竟然听其自生自灭！这不是梦。机器停止运转，车间静得像一座坟墓。

自从初中毕业分配进厂，蒋兴美干的就是包装工，像机器上的一颗螺丝钉；机器成了废物，蒋兴美和她的同事们也成了废物。有时候，她这样想：工厂教会了我什么？没有，什么都没有！现在她甚至不如一个乡下人，不能自食其力，没有一点为自己谋生的本领。城里人的自豪感消失了，城市在她眼里变得陌生，她成了连"家庭妇女"都不是的无业游民。像一个乞丐样地伸出手向社会乞讨一份职业，一份任何人都能干的职业。

想到这，蒋兴美欲哭无泪。

4

赵露洁手术后还要做一个月痛苦的化疗，几乎不能进食，吃点东西就想吐，人明显地消瘦。她的乳房原本是比较丰满的，现在半边瘪了，剩下的皮肉拖挂着像个空口袋，显得无奈、遗憾；一道长长的刀疤从腋窝一直伸延下去，缝合得还比较好，像模像样的针线活。足见周医生红包不是白拿的。

蒋兴美说："要是能充气让它再鼓起来就好了。"她为弟弟感到惋惜。

露洁说："得了这种病，怕的是割不干净，哪还顾得了漂亮不漂亮，保住命就是好的了。"

兴美问医疗费总共要花多少钱。露洁说，要看化疗时间长短，费用大约总在一万至两万之间，好在有单位报销，否则真吃不消。

巧 花

她见兴美表情起了变化,知道她心里想什么,赶紧安慰:"像你这样身体好好的就是福气,没有好身体,什么都是空。不要看那些个体户钱挣得不少,生一场大病就全完了。"

兴美说:"你原来身体不是也不错吗?谁也不能保证不生病。"她认为有个好单位才是最重要的。

赵露洁说商场最近效益也在下滑,今后还不知道会怎么样。竞争太厉害。

因为要照料露洁,元旦也就像平常日子那样过去了,父母来医院看望,大家都避而不谈费仲林。老人只顾心疼媳妇,也想不到其他。

邻床的病友早已出院,临走时还说蒋兴美工作的事她一定记在心上,只要一有消息就来通知她。一个星期后,她果然来了,她的一个亲戚介绍有个舞厅现在需要一名勤杂工,月薪三百元,问蒋兴美愿不愿意去。活倒不重,主要问题是工作时间都在晚上六点以后,怕她孩子丢不下。

蒋兴美考虑了以后觉得可以试试,她首先想到的是这样白天还能来医院;晚上临走前把家里一切都安排好,费扬可以委托邻居孙奶奶照应,估计也不会有什么大问题。

兴邦和露洁都说不用她再来了,白天晚上都有护士,露洁并不是不能动,何必来回奔波?这也是实话,蒋兴美便不再坚持,答应隔一两天来看看。

艺花歌舞厅刚刚开张,距蒋兴美家骑车大约二十分钟路程。舞厅老板姓郑,四十来岁,表情冷冰冰的:"要你做的事情很简单,烧开水、洗茶杯、打扫卫生,包括厕所,工作时间不长,但没有休息日。"

蒋兴美第一次进舞厅，这里的音响、灯光和气氛使她感到不舒服，那些男男女女都是到这里来寻欢作乐的，相互搂抱着，贴得那么紧，让她想起费仲林和侯玉珠，心里厌恶。她的工作间在厕所旁边，是一间仅有三个平方左右的小屋子，有水池、液化气灶和几个水瓶。水瓶灌满后送到服务台去，再把空水瓶和需要洗的杯子带回来。服务台的几个女孩都很年轻，统一着装，涂唇画眉，通过交谈知道，她们都是刚刚读完初中，不想继续读下去了，认为学习太苦，学出来也没什么用。"女孩能干什么？有些大学生还不是来陪男人跳舞鬼混。这年头只要能挣到钱就行。"蒋兴美问她们跳不跳，都矢口否认，指给她看，有几个女孩是专门来这里跳舞的，一晚上收入相当可观。从她们讲话的表情中，蒋兴美明白其中含义。后来她一直很注意那几个女孩，发现她们总是在那里兜揽"生意"，弯着腰，笑容可掬地问那些没有舞伴的男人要不要陪。经常有些不懂行情的舞客跟她们跳一曲就甩不掉了，临走时难免在舞厅门口发生争吵，男人们在这种时候最狼狈；也有的"潇洒"，一跳就是一晚上，然后一起坐上出租车，去哪里就不必问了。

客人多数喝饮料，茶水需要量并不大，大部分时间她是独自呆坐在小屋里，她带了个袖珍半导体收音机，用耳塞阻挡外面那强烈震撼的音乐，从窗户向外看，对面是人家的居室，中间隔着一个院子，院里有一棵枇杷树，住家的窗户总是紧紧地关着，显然噪音对他们的生活是有所干扰的。蒋兴美常看见那边的男人或女人从窗户里面向这里投来不满的一瞥。只要炉子上不烧水，她也尽量关上窗户，免得影响人家休息。

这份工作很无聊，工作间像个小小的牢房，门外面是个与她的生活毫不相干的世界，那些人无忧无虑，在这里寻求感官的刺激，

巧　花

一副醉生梦死的样子,与蒋兴美的心境形成极大的反差,她的意识本能地抗拒着,尤其厌恶那些点歌演唱者——"这一首歌献给在座的某小姐,愿她永远快乐,青春焕发!"这些人的歌喉往往使人不敢恭维,有的还模仿港台歌星,用听不懂的粤语演唱,显得装腔作势、轻浮浅薄。舞池里的男男女女们似乎不觉得扫兴,依然是那么陶醉地移动舞步,末了居然还有零星的掌声。真是差劲!要不是图这每天十块钱的报酬,蒋兴美死活不会来这里。前几天去厂里领生活补贴,又扣了四十元,从这个月起,养老保险费用由职工自己承担,这对她来说,无疑像从身上割了一块肉,但不交也不行,这关系到晚年的生活保障,谁敢说不交?还要过十多年,才能去社会劳动保险部门领取养老金,这对蒋兴美来说太遥远。费仲林厂里那两万——不,应该是两万四千元,这笔钱她是不能随便动用的,儿子读书今后还不知道要花多少钱,除非山穷水尽走投无路,有这笔钱,多少能给自己壮壮胆。她计划,等钱拿到手,仍旧是买国库券;或者存三年定期,利息稍微高一点。

通常都要等到夜里十一点左右,舞客散尽时蒋兴美才开始打扫,忙一个多小时,回到家费扬早已睡得很沉,灯亮着,电视还开着。蒋兴美不能禁止儿子看电视,但要求他一定要完成当天的作业。孙奶奶到九点钟来替他灌一个热水袋,帮他洗脸洗脚,直到费扬上床后才离开。

临睡前,蒋兴美还要检查儿子的作业,费扬的字写得很潦草、蹩脚,错误也不少,经常有漏做的,老师的批语后面往往带着惊叹号,蒋兴美忧虑得很;明年就要升初中了,像费扬这样的成绩,重点学校肯定是没指望的,一般的中学校风差,她又怕儿子学坏,毁了前途。现在,儿子是她唯一的精神寄托,她所有的希望都押在他身上。儿子不成器,她的这一辈子就彻底失败!

关灯前,她记着给闹钟上劲,早晨六点半要起来给儿子做早饭,等他走以后再睡。

一天夜里,蒋兴美回到家,发现桌上放着一塑料袋冷冻猪肉小包装,她知道一定又是钱刚送来的。上次送来的放在冰箱里还没吃完,这才隔了不到一个月又送来了,她怀疑到底是不是他们单位里发的。即使是发的,他自己为什么不能吃?到底什么意思?蒋兴美脱下手套,呆呆地坐下来,忐忑不安,脑子里胡思乱想;钱刚是个好人,各方面条件都不错,看得出他对她印象一直很好,她心里也很感激他,但她认为他不应该有那样的念头,至少对蒋兴美来说是不能接受的。当然,她不能肯定他就是这个意思,也可能是自己多心呢?一个是失去丈夫的女人,一个是没有妻子的男人,男人通过馈赠表示对女人的好感,他们历来都是这样的。女人拿什么来回报?光说感谢显然是不行的,她还没有这么厚的脸皮。跟他组成一个新的家庭?这岂不是让人笑话!蒋兴美是个自尊心很强的人,不要说她还没跟费仲林离婚,即使离了婚,即使她将来会重建家庭,对方也绝不可能是钱刚。如果换了别的女人,也许认真地考虑这个问题,但蒋兴美不行,她的感情,她的身体都强烈地拒绝他。讲不出什么充分的理由,只是觉得这样太荒唐,像一个交换位置的荒唐的游戏。往坏处想,也许对钱刚来说,这样可以使他心理比较平衡,互相占有了对方的妻子,各取所需。男人可能认为这样的做法是最合理、最公平的。蒋兴美坚决地认为这不行!不管这个人怎么让她称心都不行。

她把小包装一件件地放进冰箱,冰箱里塞满了。

巧 花

蒋兴美决定找个时间跟钱刚谈谈，或者干脆把钱付给他，让他断了这个念头。上床关灯以后，蒋兴美在黑暗中睁着眼睛，冰冷的手抚摸自己的身体，竟有种陌生的感觉，好像这不是自己的手。她觉得肉麻。

早晨，费扬告诉她，昨晚钱叔叔带静静来，钱叔叔看他做作业，还教他。蒋兴美心里突然又涌起一阵感动。费仲林从来没有认真辅导过儿子学习，不是他不能，而是他根本没有这个耐心，怪孩子笨，越是大喊大叫，费扬越是不能接受。他承认自己天生不是做教师的料。他只有在练字的时候才显出耐心，写了一张又一张，直到自己满意为止。如今，只有他的那几支心爱的笔还挂在笔架上，蒋兴美没想到要把它们拿下来，放在那里也没有任何意图，权当是一件遗物。

想到钱刚的女儿，蒋兴美心怀愧意，孩子是无辜的，由于自己不冷静，使她成了直接受害者。蒋兴美决定用准备付给钱刚的钱给静静买衣服，这样面子上也说得过去。

很长时间没有逛商场了，对女人来说，逛商场是种享受，但因为家庭的变故，手头拮据，也没有那个心思。现在总算有了正当的理由。下午，蒋兴美先去医院看望了赵露洁，跟她谈了一会儿在舞厅工作的情况，又告诉她准备去给静静买衣服。露洁显得有点惊奇，她原原本本地把钱刚所作所为讲了一遍，当然也有自己的想法。露洁笑了，但没有说什么，建议兴美到他们商场童装柜看看，那里品种还比较多。又建议她在这种季节最好是买一件花格呢短大衣，因为孩子长得快，短大衣可以多穿几年。蒋兴美认为很有道理。来到东南百货商场，蒋兴美先去自行车柜台，兴邦不在，外出办事去了。那位女营业员认出她是蒋兴邦的姐姐，对她很客气，聊了一会。蒋兴美的目光无意中扫过一排儿童自行车，引起了她的兴趣。看了一下标价：三百三十元。她想，静静也许并不缺衣服，买一辆童车不是也很好嘛？这种车可以骑到十二三岁，孩子大了还可以转送他人。就是价钱贵了，超出她的计划。

女营业员问："你的孩子多大了？"

"哦，不，我只是随便看看。想买一样东西送人，还没拿定主意。"

女营业员问："送给男孩还是女孩？"

"女孩。"

"这里有一辆车，你过来看看。"女营业员指着一辆红色童车，"有点小毛病，你想要可以多打点折扣。"

蒋兴美一眼就看上了那辆车，颜色鲜艳，只是大杠上面掉了块漆，不细心还看不出来。她问："能便宜多少？"

女营业员说："蒋兴邦是我们组长，自己人总要照顾一点，便宜一百块钱，你看怎么样？"

蒋兴美很高兴，决定了。

付过款后，女营业员又叫了三轮货车给她送回家，真是服务到家了。

蒋兴美准备等到星期天带着儿子一道把车送去。傍晚临上班前，费扬还没回来，她留了张字条："车子是送给静静的，你不要动。"

晚上七点半左右正是歌舞厅一天生意开张的时候，蒋兴美刚把水瓶灌满，服务台一个女孩子来叫她："外面有你的电话。好像很急。"

蒋兴美曾将这里的电话号码丢给孙奶奶，怕万一有什么事可以通知她。没有急事不会打来的。她连走带跑赶到服务台拿起话筒，听对方的声音知道是孙奶奶的媳妇周小娟："扬扬妈妈你快回来，扬扬骑车给摩托碰倒了，受了点轻伤。"

巧　花

"伤在哪里？"蒋兴美用力按住太阳穴，心头突突乱跳。

"胳膊不能动，可能是骨折，我也不清楚，你快回来吧。"

蒋兴美简直要哭了，搁下电话就跑去向老板请假。老板说："你去吧，别太急。"

那一刻，外面已经开始飘雪，蒋兴美风风火火地骑车往家里赶，雪花落在脸上竟一点感觉都没有。

进了门，见几位邻居都在场，儿子躺在床上，脸白白的，右脸颊涂了红药水，有擦伤痕迹。见母亲回来，他哭丧着脸："妈，你不要怪我！"

蒋兴美才碰了一下他的右臂，费扬立即疼得叫起来。邻居都说可能是骨折，要赶快去医院。她问他手还能不能动，费扬把拳头捏了一下眉头又皱起来。

看样子问题不是太大，蒋兴美稍稍放心。

孙奶奶的儿子为民说："我陪你去。"他小心翼翼地把费扬背起来。

蒋兴美急急忙忙带着家里所有的钱和病历，临出门看了一眼靠在墙边的那辆童车。只是龙头歪了倒没有坏。邻居们说，被摩托擦了一下，骑摩托的跑掉了。蒋兴美心里有数，这种事也怪不得人家，费扬没骑过这种车，肯定骑得不稳，就是揪住人家又有什么意义。

医生检查后认为是肘关节软骨挫伤，问题倒是不大，但至少要休息半个月，胳膊要定位，不能动。为了保险起见，明天上午再来拍张片子。

为民跟费扬开玩笑："这下好了，用不着考试了。"

再过几天就要放寒假，对学习倒没多大影响；此刻蒋兴美心里想的是医疗费，少说恐怕也得要一二百，这笔钱应该是能够在费仲林厂里报销的。由此想到如果自己病倒了怎么办？厂里肯定无法报销，小病自己还能承受，要是大病岂不完了，到那时谁来帮助我？兴邦？父母？不！我不能连累他们。与其那样，不如自尽算了……但儿子怎么办？越往下想，蒋兴美越感到恐惧。最近老是闻着医院里的这股不祥的气味，像一张冰冷的、没有表情的面孔，使她深深地意识到那种缺乏保障的潜在的危险。这种感觉以前是没有的，活了半辈子，突然发现自己成了孤零零的一个人，原先可以依靠的一切都没有了，下半辈子又将怎么过？

回家的路上，孙为民问："你跟扬扬的爸爸离婚了？"

蒋兴美摇摇头。

"那么有没有和解的可能？"

蒋兴美还是摇摇头。

"能和解还是和解吧，你一个人带个孩子，无依无靠的，过日子也很艰难的。"孙为民并不知道内情，只当是夫妻吵架。

蒋兴美不想跟他多说，自己被丈夫遗弃了，这种事叫她如何说得出口？她特地跟儿子交代过：不要跟任何人讲家里发生的事，传出去太难听。她要面子，眼泪只能往肚里咽。

回家把儿子安顿睡下后，蒋兴美又赶回舞厅，那时候雪已经下的不小。雪花在路灯橙黄色的光彩中飘飘洒洒地飞舞，显得那么温馨，那么轻柔，落在脸上凉丝丝的，却没有寒意；路上薄薄的积雪也成了橙色，车轮在上面画出许多条生动的曲线；这一刻出租车生意特别好，一辆接一辆奔驰在快车道上，像飞跑着的红色甲虫；有几对情侣在雪中散步，男的搂着女的腰，相互依偎着，给这城市的雪夜祥瑞气氛中增添了几分浪漫。

没有人知道这个骑车的女人此刻心里充满了忧伤，她不过为十块钱工钱而奔波，去那有钱人享受的地方收拾清扫人家欢愉后留下

巧　花

的残渣剩水。

还有一件让蒋兴美犯愁的事是那辆车，怎么送到钱刚家去？她不想跟他见面，但又要把送车的意思说明，希望他不要再来纠缠。最好是请兴邦代表她送去，但不知兴邦肯不肯，他与钱刚不认识，叫他去的确有点为难。她也想让儿子送去，写张条子让费扬交给他……这个念头只在脑子里闪了一下，立即就否定掉了：钱刚收到车子和纸条肯定会上门来解释，岂不又添麻烦？要不就暂时放在家里，等他下次来再说？不不，这样更不好！还是应该尽快送去，把这心思了结。为这事，她想了好几天，觉得自己真是无能，一点小事都左右为难办不好，总是窝窝囊囊一筹莫展。

后来，她拿定主意：就叫兴邦帮个忙，不管他愿意不愿意。不过，这话跟兴邦怎么说呢？虽然上次跟露洁说过，露洁可能也会告诉丈夫。但姐姐跟弟弟讲这种事总有点难以启齿。还是先跟露洁讲，叫她转告兴邦。拿定主意后，蒋兴美便去了医院。

露洁比前一阵更加消瘦，精神也差，但见兴美来仍显得很高兴。她从兴邦那里听说她买了一辆儿童自行车，认为这还比较实惠。她的表情里有种让蒋兴美不太舒服的东西。兴美把自己的想法告诉她，露洁倒像有点感到意外，说你当面跟他讲不是更好吗？又问："那人是个什么样的人？"

"不管他是个什么样的人，我绝不想跟他有任何来往。"说这话时，蒋兴美语气坚定，她甚至对露洁问这样的问题感到气愤。

露洁点了点头："等兴邦来了我告诉他就是。不过他不认识那人的家。"

"让扬扬带他去，扬扬认识。"

露洁问："你在那里干的怎么样？还习惯吗？"

兴美说:"累倒不累,就是环境叫人不舒服。在我看来那些来跳舞的没有一个好东西,男人有钱就骚得难受。"

"女人就拣好的穿,我们那里几百块一套的衣服买的人还就不少。有些女孩子花起钱来简直眼都不眨,四五千块钱一件的皮装,只要款式好,看上就买,她们挣钱容易,吃的是青春饭,有那些愿意掏腰包的男人养着她们,这些女孩子想法跟我们完全不一样。"

"这社会怎么会变成这个样?"

露洁说:"这有什么奇怪,只要不犯法,各有各的挣钱路子,谁有了钱都要花,他肯花钱,其他人才有就业机会。没有人消费,经济效益上不去,商场也没钱赚;舞厅不开,你连这一份工作都找不到。别看不惯,现在人的观念也要跟着时代变。"

蒋兴美听她这话总好像有点别的意思,似乎是说她的头脑想不开。她承认自己比较守旧,的确有许多看不惯的,但到了这把年龄想改也改不过来。跟她不相干的也就罢了,像费仲林有外遇,钱刚向她表示好感这类事她是无论如何不能接受的,从小受的教育,多年形成的生活方式就像成了她的骨骼,长一分短一分都不可能。也许露洁不是这样的人,无法理解她蒋兴美的想法。

她们不再谈论这个话题,露洁说化疗太痛苦,这个疗程结束后要回去养息一两个礼拜,然后回商场上班。整天躺在医院里实在难受,每天上班,生活正常可能恢复得更快。

蒋兴美看见杜建芳拎着个水桶从门口走过,连忙追出去叫住她。告诉她自己找了一份临时工。杜建芳已经听露洁讲了,说这就行了,暂且这么混着,能找到更好的就辞掉这份工作,骑马找马,总比在家干等强。她也是这么打算的。后来她突然问蒋兴美:"你家那一位好像在齿轮厂吧?"她不知道蒋兴美家里发生的事。

巧　花

"是啊。"

"他们厂现在怎么样？"

"还不就是那个样子。"

"哦！我听错了。"

蒋兴美心里一惊："你听到什么了？"

杜建芳说："前几天有个病人家属跟另外一个病人说他们厂好几个车间都停产了，我听成是齿轮厂。不过想想也觉得不太可能，齿轮厂不是一直都很不错的吗？"

杜建芳又说了些什么，蒋兴美一句都没听进去，心里说不出是什么滋味。她不相信杜建芳会听错，这年头谁也不敢说哪个企业不会出问题，如果齿轮厂真停产会带来什么后果？她倒不为费仲林操心，她担心的是这样一来他还能不能保证每月付给她和儿子四百块钱生活费？更担心的是，到六月份集资款能不能退还。她曾经听说有的企业向员工集资，结果企业垮了，职工的钱全部泡汤。要是发生那样的事就太可怕了！

回到病房，露洁发现她的神情不对，问："怎么了？"

"没什么。"蒋兴美强打精神，"我还要回去给扬扬做饭，这就走。那件事也不急，等兴邦有时间，随便哪天晚上都行。"

出了医院，一路上她胡思乱想。再过几日，该是齿轮厂发工资的日子了，等国香来，如果真有这回事，她会说的。或者托人打听打听，但愿杜建芳那消息不是真的。

蒋兴美在农贸市场买了点菜，回到家听见屋里有人讲话，推门一看，原来是费扬的班主任祁老师，听说他摔坏了胳膊，特地来看。蒋兴美很感激，告诉她已经拍了片子，骨头并没受伤，问题不大。祁老师说，如果能握笔最好还是参加期末考试，蒋兴美叫儿子试了试，他皱了眉，说还是痛得厉害。她知道他怕考试，多少有点装假。祁老师说，考试从下个星期三开始，还有几天。叫费扬明天仍旧去上课，这两天正在复习，没有作业。这孩子平时学习只能算中等偏下，上课总是不太专心，爱做小动作。现在眼看就要升初中了，更要抓紧才行。

送走祁老师，蒋兴美对儿子说："扬扬，你不能再糊里糊涂，这样下去，妈就一点希望也没有了。我今天听到一个消息，现在还不知道是真是假，要是你爸爸厂一垮，我们娘儿俩就苦了。"

"为什么呢？"

"因为他现在还能负担我们一部分生活费，要是他也拿不到工资，哪还有钱给我们？没有钱，我们的日子怎么过？连吃饭都成问题。"

儿子问："上次姑妈给你钱，你为什么不要？"

蒋兴美说："那是人家的钱，她给点钱也只是表示点安慰，她不可能养活我们，我们不能指望别人。"

儿子说："她不是别人，是姑妈。"

"傻孩子，你不想想，连你老子都不要你了，姑妈会要你？"

儿子低下头想了一会，问："他说不要我了？"

蒋兴美气呼呼地："他要你？连这个家都不要了，他还要你这个累赘！恨你还来不及哩。"

儿子坚决地："那我就杀掉他！"

蒋兴美已经是第二次从儿子嘴里听到这样的话了，当时就瞪起眼："谁教你讲这种屁话的？才这么点大，动不动就要杀人，杀人的人是要被枪毙的！你懂不懂？"

儿子反问："电视剧里面那些人杀人为什么也没有枪毙？"

"电视是电视，讲的都是古时候的事，现在杀人都是要枪毙的。"

巧　花

"我以后要开公司，做个有钱人，气死他！"

蒋兴美哭笑不得："你不好好读书，没有本事，去给有钱人打工还不知道人家要不要你呢！开公司的人都是有能耐的，你要是真能开公司，妈就笑不动了。"

儿子说："肯定能。我还要买汽车！"

蒋兴美无可奈何地叹了口气："行，我就等着坐你的车。"

她转去厨房放了一壶水，点燃煤气灶。"嘭"地一声火焰喷出时，眼前绽开了一朵美丽耀眼的蓝色的花。蒋兴美盯着那火焰，又仿佛想起了什么，竟忘记把水壶给搁上去……

刑警笔记

机床厂那起凶杀案是4月27日上午发生的,当时我正在写4.13案件的结案报告。分队长老董怕动笔,凡要动笔的活,他都交给我。自从警校毕业分到北区公安局后,我就成了省公安报的特约记者。和我一起分来的还有居雁,居雁是我的同班同学,她就是这份报告里的主角。

我不明白居雁为什么会选择刑警这个职业,这并不太符合她的性格。

当然,刑警队里需要有女性,有些案件非得要她们参与不可,4.13案件就是一个典型。这个案子昨天刚结案,同志们都认为居雁立了头功,高大队长在会上也特别强调了这一点。但大家心里也都有点不是滋味。罪犯抓来后,老董叫我和居雁参加审讯,她拒绝了。我明白她为什么拒绝,这是因为她不愿面对这个家伙,在过去

巧　花

的近半个月里，她与罪犯在电话里数十次对话，那家伙流氓，我们都能想象出他在电话里讲了些什么。我也多次注意到她的表情非常尴尬，脸上常是红一块白一块，还不得不假作笑意，与之纠缠，为的是拖延时间。但罪犯也很精明，每次通话时间都很短，而且都是在不同的地点打公用电话，不等我们赶到那里，他早溜了。

4月13日夜间，一骑车女青年在西藏东路遭到两个流氓袭击，该女拼命呼喊惊动过路人，强奸未遂。罪犯逃走时，抢走了该女的一个挎包，里面有两百多元现金和一只寻呼机。接到报案后，我们认为这和前两次发生在本区的流氓强奸案可能是同一伙人所为。老董叫居雁冒充受害人，试探着打了几次寻呼。前几次没有回应，后来终于回了电话——正是那两人中的一个。当时分队的几位同志都在旁边，老董按了免提键，居雁对他说，只要把抢去的东西还给她，就不报案。对方说："别做梦了。想报案就去报，谁叫你不让老子快活！"说完就把电话挂了。后来两天，她按照老董吩咐又连续打了几次寻呼，对方均不理睬。

从17日开始，那家伙像改变了主意，接到寻呼就回电。却换了一种猥亵的语调。居雁一气把电话挂了。老董说："你再呼，不管他说什么，别往心里去就是了。尽量延长对话时间。"居雁显得很为难。正说着，电话铃又响起来了。老董说："可能还是这个鸟人，你接，口气软一点。"这一次他没按免提键。

居雁拿起话筒，向我们眨了眨眼，然后用央求的口吻与对方协商。林先德在另一房间与守候在电信局的小马联系。等到对方所在位置查清楚，电话也断了。

显然，对方并不傻，他似乎明白自己是在跟一位年轻女刑警对话。他知道，当他开始回电的那一刻起，自己已经处于区公安局刑警队的视线内了。也许在他看来,老鼠调戏猫的游戏很具有刺激性。两三分钟时间,公安人员行动再快也来不及赶到那里。

然而,他的愚蠢在于,他万万没有想到,尽管他每次都更换地点,但在老董的地图上,十几个点连起来,正圈出了他所在的范围。仅有少数几个点在这个圈的外面,昨天上午九点二十分,一张网撒开了。十几位同志预先到达指定的位置。活该他倒霉的是,这一次也是他与居雁通话时间最长的一次——四分钟。我们的刑警小马站在他身边的时候,这小子正歪着嘴,邪恶地笑着;一只手插在裤子口袋里,抓着自己那玩意儿。他甚至还瞟了小马一眼,以为是等着打电话的。

罪犯的同伙在他被捕一个小时后,也在自家的床上戴上了手铐。

经审讯,前两起强奸案确是这两犯所为。一箭三雕,这是我们分队今年以来破获的最漂亮的一个案子。

事情过去了,居雁不愿再提起这件事,她向高大队长声明:她不需要任何形式的表彰和奖励。她的心情我们都能理解。她才二十一岁,还没有谈对象。这样的经历,必定会使她终生难忘。也许她并没有失去什么,但她的委屈是无法向别人诉说的。

"顾春山,你照顾一点!"居雁说这话的时候没有一点平常的那种笑意。

我说我知道。可是,我也不能不提你呀!没有你,这报告怎么写?

"就写女刑警,别提我名。"

我说还得问问老董这样行不行。

"问他做什么,死老董最不是东西,尽出些鬼主意!不择手段。"

论资历,老董可以算个老刑警了,就因为他不是党员,干了

巧　花

二十多年，才当上个分队长，跟他资历相同的高大队长提起他常有恨铁不成钢的意思："老董是个好同志，就是缺乏上进心，游击习气太重。"老董文化程度不高，言语粗鲁，稍不如意，嘴上便不自觉地带上个"鸟"字，往往开口就是"你个鸟人！"其实他并没有骂人的意思，不过是习惯而已。全分局的男人几乎没有一个能够幸免，连局长也不例外，不过当着领导的面比较节制罢了。

论能力，老董完全可以称得上优秀侦查员，头脑灵活，判断力强，有点"鬼气"。他常对我说："干这一行，首先要了解人，要钻到罪犯的心里去，用书上的话说，就是掌握罪犯的心理。光读书不行，这要靠经验，经验是摸索出来的，你用不着跟我学，要自己动脑子，每个案子都有不同的侦破途径，有时候要凭感觉，没有什么规范动作。"按照我的理解，他这话的意思是有时也要不择手段，就像居雁刚才说的。

我对居雁说，不管人家对他有什么看法，我对老董是很尊重的。

"可是他一点都不尊重别人，连打牌都痞，把牌藏在屁股下面。"

正在这里说着，林先德来叫我们：机床厂出了人命案，马上出发！

机床厂前任厂长朱彬在家里被人杀死。这是个曾经风云一时，在本市很有点名气的人物，机床厂也曾被作为国有企业改革的样板，一度效益相当不错。但最近这些年不行了，机床行业出现滑坡，产品打不开市场，已经到了破产的边缘。这情况一般市民都知道的。但朱彬几时下台，我们却不太清楚。

朱彬家住在机床厂宿舍区，该区东南角的几座楼都是后盖的，住的都是厂里的领导干部。朱彬家住45栋302室。我们到那里时，楼下全是人。厂里的领导都已闻讯赶来。当时正是中午下班时间。

该厂人保处长熊家杰告诉我们，最先发现朱彬被害是他的妻子时佩芬。她是 11 点 50 分到家的，先敲门，没人应；她取出钥匙开门进去，发现朱彬倒在客厅里，满地是血。当时号啕大哭。熊家杰本人就是朱彬的内侄女婿，住在五楼。他闻讯赶到现场，当时就打了电话报案。

朱彬脸朝下，身体蜷曲着倒在电视机柜跟前，后脑勺被钝器击碎，尸体已经完全僵硬，估计受害时间大约在上午九点。死者年龄为五十三四岁。现场无斗殴痕迹。甚至没有一个脚印，可见凶手进门时是换了鞋的，可能与死者比较熟。

卧室里很凌乱，橱柜抽屉等均被打开，有明显被翻检过的痕迹。老董问死者的妻子少了些什么。她检查后发现 8 万元一年期国库券、三千元现金和一台美能达照相机都不翼而飞。据她说，家里除了电视机以外，也没有什么更值钱的东西了。从现象看，这是一起有预谋的杀人盗窃案。作案者很可能没有留下任何痕迹，尽管如此，我们还是在家具上取下了一些指纹。

现场未发现凶器，估计可能是铁棍或类似活动扳手之类的工具。如果是预谋作案，凶器多半是凶手自己带来的。老董问朱彬的妻子，最近有没有木工瓦工或者搞室内装修的来过？她这才想起一件事：上个星期，她曾对朱彬说过卫生间的水龙头滴水，总拧不紧，叫他通知房产科派人来修，不知他是否通知了。

听她这么一说，当时，我的头脑里几乎闪现了水管工作案的全过程。我相信在场的人也都是这样想的。这的确是个很重要的线索！

熊处长说：由于长期亏损，大批工人下岗，拿不到工资，职工怨声很大；尤为糟糕的是第二次内部集资款到期不能退还，更是触犯了职工的根本利益。几年前，朱彬曾有些雄心勃勃的打算，苦于资金欠缺，于是在本厂内部发动集资，利率为百分之二十，远远高于银行利率。第一次集资到期后，本利都退还了，职工尝到了甜头，对企业还是抱有信心的，认为毕竟家大业大，八千多人的国有企业，说什么国家也得要保，绝大多数职工并不知道那退还集资的钱，实际上是从银行贷的款，拆东墙补西墙。当时已经欠银行将近两个亿。第二次集资时，参与更是踊跃，许多人把全部积蓄都投进去，还有的把父母兄弟姐妹的钱也拿来投进去，最多的投了四万多元——当然是占用了别人的份额。但后来朱彬的计划并没有实现，企业越来越不景气，已经接近资不抵债了，银行也拒绝继续贷款。集资款兑还期已过近一年，厂里一再向职工解释：领导们正在想办法。大家也就耐心地等。但越等越感到没有希望，车间里已基本处于停产状况，工资都发不出来，难道天上会掉下来八千万不成？指望政府扶持看来也是不可能了，那么多亏损企业，政府管得了吗？又有风声传出来，说机床厂可能要宣布破产，人心更是惶惶不可终日。眼看多年的血汗钱有可能泡汤，许多人为此恨透了朱彬，认为是他欺骗了他们，在他被解职前的那段时间，整天有人到厂长办公室大吵大闹，怒吼咆哮，有的扬言要杀了他。也有些人到他家里来坐着不走，声称退不出钱要跟他拼命。据此，熊处长认为，作案者为本厂职工的可能性较大。

在场的其他几位厂领导也基本同意他的看法。因为事件发生在厂区宿舍里，而且受害人是朱彬而不是别人。首先需要搞清楚的是朱彬是否给房产科打过报修电话。

朱彬的死惊动了全厂，我们经过的地方，几乎所见到的人都在三五成群地议论这事，从飘过来的只言片语中，可以感觉到职工们对此都很兴奋：这样的事件，必定会给市里乃至省里领导以极大的震动，也许会给他们带来好处。具体点说，就是拨一笔巨款来解决工厂目前的困境。否则岂不是要天下大乱了？厂长都给杀死了，这不是开玩笑！由此可见，职工们也认为杀死朱彬的人就是他们厂里的职工。这一点似乎已经形成了共识。

熊处长领着我们去房产科，一路上，他没有多说话，看上去心情比较沉重。我想，他作为厂里的人事保卫处长，又是朱彬的内侄女婿，这起案件可以算是发生在他的家里，这对他既是一个打击，也是一种讽刺。

老董问："朱彬为人怎么样？"

熊处长说："他六十年代从部队下来，从一个普通工人一步步被提拔上去，生活很简朴，不抽烟，不喝酒，不打牌，没有什么嗜好，作风也没有任何不检点。还是比较平易近人的。也很有事业心。但是搞市场经济，他缺乏经验，搞得好，自然没说的；搞砸了，就是罪过。曾经有些流言，说他出国考察，大肆挥霍，说他以权谋私，贪污受贿等，实际都是不实之词。有人写信到市纪委，上面派了个调查组，住在厂里查了三个月，什么也没查出来。但结果还是免了他的职务。换了新厂长，也没有什么高招，效益丝毫上不去。仍旧一筹莫展。"

老董又问："除了这些之外，有没有跟他有私人恩怨的？"

"没有，据我所知确实没有。"熊处长几乎是不假思索地回答。

"那么，哪些人跟他来往较多？或者说，常去他家。"

熊处长思索了一下："去他家最多的就是我们夫妻俩和孩子，我爱人的父母去世后，她就住到朱彬家里来，他们夫妻对她就像自己的孩子一样。我们的婚姻是朱彬牵的线，当时我是个科长，那是八九年前的事。平时，我们经常在他家吃饭。孩子放学回来，有时

巧 花

也在他家玩，就像一家人。"

"邻居呢？有没有常来常往的？"

"一楼的老赵有时来串串门，他是早已退休的工会主席；此外，对门住的是政治部主任侯景宽，也偶尔来聊聊天。其他，好像也没有什么来往。都是见了面打个招呼。"

老董问："朱彬有几个儿女？"

"只有一个女儿，在师范大学读本科，平时住校，星期天才回来。"熊处长长叹一声，"家里出了这么大的事，我也不知道现在该不该告诉她。怎么跟芸芸说呢？"

房产科长显然没有想到我们会到他这里来调查，显得有点紧张，他一口咬定朱厂长最近没有打电话给他，肯定没有！要么到水电班去问问，那边也有电话。不过，他说一般朱厂长有房屋维修方面的事，都是找他的，只是最近没有。

水电班就在斜对门，推开门，里面烟雾缭绕。水电工们正在谈论凶杀案。科长说："你们都在？这几位是公安局的，来了解一点情况。"

屋里顿时鸦雀无声。

"最近，有没有人接到朱厂长打来的报修电话？"

都摇头："没有。"

"今天上午，你们都在哪里？"

众人你望我，我望他，有的歪歪嘴，似乎觉得很可笑："问我们头。"

水电班长踩灭烟头："他们能去哪里？都在厂里。"

科长问："有没有出去干活的？"

班长道："干活的有，可没有去朱彬家干活的。"

老董说："大家不要多心，我们各方面情况都要了解。这样，你们一个个说，自己今天上午在干什么，要有人证明。"

一位小伙子道："没有必要一个个说，上午都在这里吹牛。哪里都没去。"

另一个说："只有涂连生一个人不在。"

"涂连生呢？"科长这时才发现少了一个人。

班长说："他上午来请了假，说家里有事。"

我问："涂连生干什么工种？"

回答是：水工。修管道的。

老董的眼亮了一下："这个人住在什么地方？"

没人吭声。

房产科长问："谁认识他家？"

"老黄认识。"有人说。

老黄立即跳起来："操你家祖宗！你不认识？"

老董说："那就麻烦你们两位跑一趟。"转过身吩咐林先德，"你和居雁开车跟他们去。"

老黄忿忿道："你们怀疑是他杀了朱彬？跟你这样说罢：这屋里的都去杀人，也不会有涂连生的份！"

科长说："叫你去你就去，这种事不能随便担保的。"

有人说："好了，这下准把涂连生小子屎都吓出来。"

等他们出门后，一位年纪较大的工人开口了："你们这几位，我说句不怕你们见气的话：烦这鸟神干什么！朱彬不是人杀的，是雷打死的！你们找凶手，到天上去找！我们这些人够倒霉的了，不要来惹我们生气！"说到这里，他脸色几乎已是铁青。

老董表情显得很尴尬，要在局里，我想他可能会跳起来，谁敢跟他这样说话？

巧 花

一位小伙子站起来:"芮师傅,你跟人家刑警发什么火?人家是执行公务,又没惹你。"转过脸,"不过,话说回来,这朱彬死也该死!熊处长,讲话得罪了!"

熊处长连忙道:"没关系,没关系,你说。"

"我们里外就这么一堆,水平不高,但是爱憎分明,是非还是搞得清。这个厂,怎么会弄到这一步?原来效益那么好,到了他的手里,是王小二过年,一年不如一年。还整天牛皮哄哄,一个接一个兼并亏损企业,向上面讨好;又不务正业,整天想着法子办公司,一家伙办了他娘的一百多家公司,安插的都是他朱彬的亲信,都靠机床厂吃,办公司的个个都发财,职工得到了什么?厂子给他们玩空了,回过头又来骗我们工人的血汗钱。八千万哪!现在是工资发不出来,集资款一分钱退不出来,工人急得要上吊,他不过是落个撤职,照旧回家过他的清闲日子,鸟事没有!你们说,这种东西该不该杀?!"

老董说:"企业搞垮了,厂长肯定有责任。但这不在我们调查职责范围内,我们也管不着。你们的心情我能理解。但是国有国法,凶杀、盗窃这种事能不追究吗?至于朱彬该不该死,这个问题我无法回答你,也不该我来回答,小伙子你说对不对?"

那位老工人说:"你们当然用不着管这些,你们吃的国家饭,工资拿着,奖金拿着,铁饭碗端着,我们工人阶级算什么?这年头真正成了无产阶级了!哪个来同情我们?"

老董说:"这话不对,政府和社会对亏损企业职工不能说不关心。但关心并不等于就能全包下来,现在搞市场经济,这种观念要改变。否则叫什么改革?改革肯定会影响一部分人的利益,改革一旦上了轨道,一切都会逐步好转的。"

老师傅冷笑:"少来这一套!我跟你换,你干不干?"

科长说:"老芮,稍微有点分寸,不要倚老卖老好不好?"

小伙子道:"但是现实问题怎么解决?像我们这样每天来上班的,一个月三百块都不到;下岗的更惨,才一百多块钱,哪家不是上有老下有小?这点钱怎么过日子?"

我忍不住插话道:"既然工厂已经成了这样,你们为什么不能想想办法去自谋生路?这么等下去也不是个办法呀!"

老工人发火了:"你这小青年是坐着说话腰不疼,自谋生路,这么容易!我在机床厂干了三十四五年,一辈子干的电工,你说我现在能去干什么?我能去卖鱼卖肉还是能去倒房地产?你说!"

在场的工人都面带怒色,一片议论。我知道自己触犯了众怒,只好闭口不言。不过我说的也是心里话,这年头,还什么都指望国家,真是铁饭碗端惯了。发牢骚又能解决什么问题!

熊处长赶紧打圆场:"他们是刑警,只管侦察破案件。跟他们发火没用。大家都消消气。"然后转脸问老董:"你看,还有什么需要了解的?"

老董知道在这里跟他们缠不出名堂:"走吧。各位师傅,多有冒犯,对不起了!"

走出来,熊处长说:"也难怪他们,不光他们,我们也急呀!干部们也只拿三百来块钱一个月,厂要是垮了,都没饭吃,谁心里不怕?"

回到局里,两位局长和高大队长都来问情况。

听完老董的汇报,也都挠头。许局长说:"工人的情绪必然会给我们的工作增加难度。市局已经打电话来了,说市领导也在问,政法委书记要求我们抓紧侦破。朱彬毕竟是个比较有影响力的人

巧 花

物。特困企业职工固然值得同情,但打击刑事犯罪仍旧不能手软。"

高大队长认为现在还不能断定凶手肯定是本厂职工,要作多方面了解。他建议我们分头展开调查,不要窝在一起,影响效率。每天晚上碰头,汇总情况,研究下一步方案。

林先德和居雁直到三点多钟才回来,情况搞清楚了:涂连生是出去干私活,喝得像个醉虾,他们叫他领着去那家看了,这人证实他上午的确在那里帮他装热水器,然后喝酒喝到两点多才走。那两位水电工也承认他们都经常在外找私活干,说不挣点外快吃什么?总不能等着饿死。

老董听他们讲,一言不发。

后来,居雁对我说,那个朱彬的确是个坏东西,好好的一个大厂,硬是让他搞垮了。她当然是听水电工们说的。

我说话不能这样讲。现在当厂长也很难,尤其在目前这样的经济转型期,国有企业普遍不景气,这不是个别现象。应该说是大气候所致。

居雁说:"但也不是所有的国营企业都不行,好的也有。机床厂原来基础是非常好的,在全国机床行业中排前十名。就是从朱彬上台后渐渐走了下坡,他心思不在这上面,整天只想做生意,这么多年没有研制出一种新产品,全靠老产品撑着。加上最近几年国内机床业竞争激烈。所以效益一下子就落到了谷底。"

我认为这是他的失职,缺乏治厂经验。或者是上面用人不当,这种人本来就不应该让他当厂长。但你不能说他不想把企业搞好,成心毁了这个厂。

居雁说:"作为一个大企业的当家人,首先是对国家、对职工负责，责任感应该是放在第一位的，干不了就别干，干吗要打肿脸充胖子！自己已经不行了，还兼并别的亏损企业，工厂背上那么重的包袱，他倒成了优秀企业家。一天到晚吹牛，欺上瞒下，弄虚作假，这是严重的渎职，怎么能说不是他的罪过？"

我说，即使这个人罪该万死，也应该由组织部门通过法律程序来判定，总不能一家伙就把他打死吧！

居雁反问我："你凭什么断定是厂里工人干的？"

我说谁也没有下这个结论，但破案总要有主要怀疑对象，这不是正在进行调查吗？我们还是别管这些，干好自己的本职工作。关于朱彬那些事本身就说法不一，工人有工人的说法，领导有领导的看法，我们能管得了吗？

次日上午，老董和林先德去机床厂人保处，照熊处长的吩咐，他们准备了一部分排查对象的材料，这些人多半是曾经有过犯罪前科，或者是曾有过盗窃行为的，当然不可能每一个都查，还要筛选。

老董叫我和居雁先跟朱彬的家属谈谈，并在案发地点附近做必要的调查。

这次，我们见到了朱彬的女儿朱芸芸。

朱芸芸是在学校从别人口中得知她父亲被害的消息，起先她不敢相信这是真的。打电话回家，证明噩耗并非误传，母亲泣不成声。她说当时的感觉就像天塌下来了，眼前一片黑。在女儿的心目中，父亲是慈爱可亲、善良俭朴、兢兢业业、一心为公的好人，她已经哭得两眼红肿。她认为，企业职工把造成现状的责任都算在父亲头上是很不公正的，"就拿集资这件事来说，我们家也有一万块钱在里面，怎么说是欺骗呢？他要是想欺骗职工。为什么把自己的

巧　花

积蓄也投进去？"

我说我们并不这样认为。

"可是，工人们就是这样想的。早就有人扬言要杀我父亲！"

居雁说："这种激愤言辞并不能说明什么问题，更不能作为罪证。"

朱芸芸以质问的口吻道："不是他们，还会是谁呢？我父亲没有得罪过任何人，他从来都不计较个人利益，也不追求物质享受，像他这样的人，又会冒犯谁？"

时佩芬说，工人的情绪也是受了某些人的煽动。现任的厂长叫戴斯民。这人原先也是机床厂领导干部，在工作上与朱彬产生过一些矛盾，跟其他人也搞不来，后来调到机械局去了。朱彬被免职后，他又回来当厂长，自然是扬眉吐气了。但是，因为以前的矛盾，他和领导班子成员关系仍旧搞不好，又没有办法扭转企业亏损局面，就在职工中散布一些谣言，无非是说朱彬在位时怎么怎么瞎搞，造成无法弥补的漏洞。工人本来就怨声连天，这样一来更是怒火万丈，终于导致凶杀案发生。她认为戴斯民在这案子里也负有间接责任。

我对她说，在案件未有最后结论之前，这样讲不妥当的。我们首先要查出案件的直接责任人，要她们好好想想，在与他们家庭有过交往的人中，哪些人可能干这样的事。

时佩芬问："到我家里来闹过的工人算不算？都是为退还集资款的事。"

我问有几个？她说有六个人来过，只是那些人名字她都不清楚，只晓得有运输科的，有一车间的，四车间也有人。熊家杰也许知道这些人的名字。

居雁问："邻居关系怎么样？"

"都还不错，朱彬被解除职务后，因为心情不好，跟邻居也没有什么来往。只有家杰夫妇和孩子常来。"

"熊处长在本市有没有亲属？"

时佩芬说："他跟朱彬一样，也是部队里下来的，有个弟弟在本市旅游局工作，他们兄弟之间有来往，跟我们见过几次面，挺不错的一个小伙子。"

我问："成家了没有？"

"去年刚结婚。"

正谈着，有人敲门，朱芸芸去开门，走进来的是一位少妇，时佩芬告诉我：这是她侄女，叫时茵。

居雁问："就是熊处长的妻子？"

"对，他们夫妻就住在五楼。"

时茵无声地坐在我们对面，什么也不说。神情忧伤、黯淡。

时佩芬道："她是我哥哥的女儿。哥哥死得早，嫂子去世后，她就跟我们在一起生活，现在一家化工公司工作。"

朱芸芸低低地跟时茵讲着什么，她默默地点头。

我问时茵对这个案子有什么看法？

她轻轻地摇头："我觉得不可思议。简直不敢相信。"声音有点沙哑。

"你认为凶手可能是谁？"

"我想不出来。"

居雁问："你不认为是本厂职工干的？"

时茵沉默了片刻："当然有这种可能。一般人都会这样想。姑父退下来以后，跟外面人几乎没有来往，只在家看看电视，有时候练练字，浇浇花。另外就是每天早晨出去锻炼。他自己从来不认为

巧 花

会有人要杀他，我认为他没有仇人，他这个人不会伤害任何人的。"

时佩芬说："这当然不是单纯的报复，凶手是以盗窃为主要目的，这是很明显的。如果不为钱，他犯不着冒杀人抵命的风险。"

据时佩芬说，被盗的主要是一年期国库券，还有两个多月才到期。这种国库券是不挂失的。和国库券放一起的一万元集资款收据还在，可见作案者知道这种收据拿去也没用。从这一点看，他当时并不慌张，甚至还是很从容的，他知道时佩芬上班去了，家里没有其他人，而且一两个小时内也不会有人闯进来，所以他才能镇静地选择盗窃物。毫无疑问，作案者对朱彬家的情况比较了解。这基本可以排除流窜作案的可能性。而且他们家门上有门铃，有猫眼，如果是不认识的人，朱彬不会让他进门。

时佩芬说，这个宿舍区里住着两千多户人家，任何一个人，只要稍微留心一点，都能知道他们家的情况。不住在宿舍区里的职工，通过他们也能了解。毕竟朱彬曾经是一厂之长，家庭情况比较引人关注。

跟居雁商量后，我们觉得有必要从周围的住户开始调查，尤其是后面一幢楼，每一个窗口都能看见从这个单元楼梯口出入的人，或许有人能提供一点线索？据时佩芬说，后面那幢楼住的多半是厂里的中层干部，白天很少有人在家，即使有，多半也都是一些老人。

我们到后楼挨家挨户地敲门，多数是没人在家。只要有人就问：昨天上午九点到十点之间，有没有看见什么人出入前面楼一单元？回答都是"没注意"，"不知道"。

问到中间一个单元三楼左边那家，开门是个老太太，七十多岁。听我们说是公安局的，也说没注意。但她的表情有点犹犹豫豫。我和居雁都察觉到了。便继续追问，向她说明，我们会替她保密，知情不报，也是有责任的。她这才吞吞吐吐地告诉我们，昨天上午在阳台上晒被子，看到对面有个人上了楼。因为只看见一个背影，所以不敢肯定。她的儿子说这是人命关天的事，叫她跟任何人都不要瞎说。

我问她，这人穿什么颜色什么款式的衣服？

老太太说，是浅灰色的西装，好像是五楼那家男人。她搞不清那人是什么干部，她的儿子说是党办还是厂办的一个什么主任，姓刘。

照她指的位置看，正是住在熊处长对门的那一家。

"大约是几点钟？"

"十点左右吧，记不清了。我也没在意。"

"能不能肯定就是那个人？"

老太太茫然地摇了摇头。

回到朱彬家，问起老太太说的那人，时佩芬和时茵都说不可能。

"刘焕章现在正在党校学习，我们关系一直很好，是朱彬把他从车间里提拔上来的。人也很老实。"

时茵说："我家跟他门对门这些年了，可以说互相都非常了解。说他杀人，谁都不会相信。他临走还给我们留了党校的电话号码。"

我叫时茵上楼取了电话号码来，当时就跟刘焕章联系。

党校离市区比较远，刘焕章似乎还不知道朱彬被害，问他昨天上午在哪里，他想了一下，说请假回家拿一本学习材料。所说时间跟老太太说的差不多。我又问他有没有听到三楼有什么动静。

"出什么事了？"

我告诉他朱彬被人杀了。

"这是真的吗？！"刘焕章惊叫起来，"我拿了书就走了，没有发现什么异常呀！"

巧 花

"你能不能回来一趟?"

刘焕章随即答应,然后就挂了电话。

"不可能是他。"时佩芬喃喃自语。

我和居雁准备离开的时候,老董和熊处长来了。我向他汇报刚才调查的情况,熊处长立即排除刘焕章杀人的可能性:"我认为凶手绝对不是这栋楼里的人,这一点我们都可以担保,既是邻居也是同事,无冤无仇,不会的。"

老董说:"跟他谈谈是有必要的,说不定能提供一点线索。"他从文件包里取出一叠材料,"这里有十一个人,我认为可以作为重点,首先要搞清楚他们昨天案发时间在哪里,干什么。林先德已经到二车间去了,我们几个先从这个宿舍区里开始调查:有两个人是住在这大院里的,一个叫王振业;还有一个叫——"

"沈宽。"熊处长说。

"这两人目前都下岗了。小顾,你和小居去找王振业,他住26幢505;我和熊处长去11幢。"

在门外就听见屋里打麻将声音。我敲门,里面一个女人的声音问:"谁呀?"

"是公安局的。"

随之就听见里面哗啦啦一片慌乱。过一会,开门了,开门的是一个矮个子、三十多岁的男人:"干什么?"

"你是王振业?"

"是,怎么啦?"他看看居雁,又看看我。

"想找你谈谈。"

我们走进去,这是一个单室间,几个人一本正经地坐着抽烟,烟味很重。一个女人在厨房呆呆地望着我们，她身边还有一个五六岁的女孩子。

我问他们在这里干什么。

"玩玩，随便聊。"

一个男人站起来："你有客人，我们走了。"

说话时都站起来，几乎是一窝蜂地蹿出门去，有的连鞋跟都没来得及拔起来。

毫无疑问，这里是个赌窝。

"你们在这里聚赌？"

"玩玩。没赌。"王振业这会儿显得有点不在乎了，"你们坐呀。"

"你是下岗的？平时干什么？"

"开马自达。"

"怎么没有出去？"

"他们约好来玩，只好陪他们。"

我问他昨天上午在哪里。

他大概意识到什么了，嘬着牙想了一会："不瞒你说，我的马自达是买人家旧的，外地牌照，白天不能上街，一早一晚出去挣点，总要养家糊口嘛，老婆是农村户口，没有工作，你说我怎么办？"

居雁问："你说昨天上午在家，谁能证明？"

"我老婆。"

"除了她还有谁？"

"你们怀疑我杀了朱彬？"王振业眼珠子几乎要蹦出来，"跟你们说实话吧，刚才那几个每天到我这里来玩牌，他们都能证明。穷归穷，杀人的事想都不敢想！不信你们可以挨个去问。"

我叫他把刚才那几位姓名和地址写下来。

巧 花

"他们都是干什么的？有没有职业？"

"说有也有，说没有也没有，都是下岗的，有的开小店，有的贩水果，这一个是卖鱼的……反正都比我强。"

"你为什么要赌？准能赢？"

"我哪敢赌！我挣的都是血汗钱！他们玩。我……"

"你怎么？你抽头？"

王振业头上开始冒汗了："谈不上抽头，都是老弟兄，也算帮我一点。还不是穷得没办法吗！"

我说："窝赌是要坐牢的，你知道不知道？"

"也不是大赌，输赢不过百十块钱，来着玩的。"他竭力分辩。

王振业的女儿在那边哭，女人吼着："哭，哭死你！饭都没得吃了，你还要买泡泡糖！"显然是喊给我们听的。

居雁不停地回头望，显得有点坐不住，我知道她动了恻隐之心。果然，她别过身去掏出十块钱，然后起身去厨房塞到小女孩手里："去买泡泡糖。"

女人感激万分："哎哟哟，怎么能让你破费，快谢谢阿姨！"

我想这里的调查可以结束了，临走时警告王振业："不许再聚赌，等到把你抓起来，哭都来不及！"

"一定一定，从今天开始，我保证！"王振业信誓旦旦。又说，"我要打听到什么线索，一定告诉你们！"

女人千恩万谢送到门口："有空来玩啊！"

走出来，我笑居雁心太软："他比你有钱，你没注意王振业抽的什么烟？红塔山。他一天不捞个五六十块钱？"

"我没注意。只觉得小孩子可怜。"

"其实真正穷的是那些留在厂里的，王振业没有骂朱彬，对不对？"

居雁点点头:"你说,我们还有必要去找这几个赌徒了解吗?"

我觉得好像用不着了,他们谁也不会承认昨天都在这里赌钱。凭我的感觉,王振业没有杀人的胆。从材料上看,他曾经偷过厂里的轴承。

楼下靠墙停着一辆破旧的正三轮摩托,牌照是安徽某县的。

老董和熊处长当时没有找到那个叫沈宽的,邻居说可能在股市上。老董叫他带路,果然在华夏证券公司建安路门市部找到沈宽,几个股民都给他作证:昨天上午一开门他就在这里,前天刚买的那只股票跌了将近两块,正叫苦不迭,忙着补仓;今天这只股还在跌,小子眼都急红了。问他问题,他眼睛还盯着显示屏:"他死他的,关我什么屁事!"

林先德回来比较晚,二车间的那个调查对象叫马正平,此人已经有两天没去上班了。找到他家里,家里人也不知道他去了哪里。老婆正在跟他闹离婚,平时也是三天两头不归家。在厂里是个有名的邪头。曾因打架伤人,被判劳教两年。第一批下岗名单中就有他,他带着刀子到车间主任家里威胁:谁敢砸我的饭碗,我就要谁的狗命!结果是不得不留下来,又不遵守劳动纪律,工作时间到处乱窜,没人敢管他。

这是个有较大嫌疑的,我和居雁都来了精神。

老董翻看马正平的材料,问我:"如果你是罪犯,你经过周密的策划,杀死了朱彬,抢走了钱物,而当时并没有人发现,你会不会畏罪逃跑?"

我说这很难讲,不能说没有这个可能。

"你个鸟人太嫩!你没有伤过人,没坐过牢,你的精神承受不

巧　花

了,所以你当时就慌了。从现场没有发现凶器没有留下痕迹这一点上来看,凶手当时不是很慌张的,他有预谋,干得顺利,又没人看见,为什么要逃跑?我认为,他的主要目的是为了杀人,如果仅为了盗窃钱物,他用不着选择朱彬家,谁都知道朱彬整天在家。"

我承认他的分析有道理,但如果这么说,我们目前调查的这些对象恐怕都不会有明显的杀人动机。

老董说:"不对,从材料上看,这些人都参与了企业内部集资,最少的五千,最多的两万块;马正平是一万。不能说他们对朱彬没有个人仇恨,我的意思是,假如这个鸟人的确是凶手,他至少不会现在就逃跑,对于一个预谋犯罪者来说,这未免太蠢了。"

林先德说:"车间里负责人也说他一两天不上班是常有的事。"

"所以我看注意力不要全放在他身上,除了名单上这些人之外,恐怕还要多想想朱彬周围的人。"老董问我,"党校的那个姓刘的你见到没有?"

"还没有,我马上跟他联系。"

"叫他到这里来谈。"

刘焕章进门时脸色灰白,显得很紧张,他看见居雁准备记录,问:"这是传讯吗?"

我说只是一般传唤,叫他不要紧张,问他:"你是几点钟离开党校的?"

"八点钟,大概八点半。我忽然想起来有一份学习材料丢在家里,上面记了一些心得体会,那天下午要用。"

"有没有人知道你回家?"

"我告诉住在一个房间的狄文奎,叫他帮我请个假。"

"你到家时几点？"

"九点多一点。"

"有没有人见到你？或者说你进出大院是否碰到什么熟人？"

"这我没注意，好像没有。"

这时，老董推门进来，他打量一下刘焕章，在我旁边坐下抽烟。

我继续提问："在楼道里也没有遇到其他人？"

"没有。"

"有没有听见什么动静？"

"你是指什么动静？"

"任何声音，你现在能回忆起来的。"

刘焕章偏着脑袋想了一会，说："我想不起来，真的。"

"你在家里逗留了多长时间？"

"不超过十分钟，只喝了一杯水。然后拿了材料就走了。我想你们不会怀疑我是凶手吧？"

我正要说"不"，老董开口了：

"因为有人看见你回家，我们总要问问情况。"

刘焕章惊愕道："谁？"

老董说："这你就别管了。我问你，你回到党校是几点？"

"我在金鹏商场转了一会，回去大约快到十一点了。等车等了足有二十分钟。我想声明一点，你说有人看见我回家，但我并没有看见他，有可能是楼下的人听见我开门关门的声音，一定是这样的！他应该知道我在家里待了多久。"

老董问："你怎么知道四楼有人在家？"

刘焕章抹了一下额头，可能是出汗了："我走到四楼和五楼之间的时候，听见抽水马桶放水的声音，我觉得熊处长家当时不会有

巧　花

人在家，估计可能是四楼有人在家吧？"

我问："五楼是楼顶？"

"对，上面没有了。"

"四楼平时有没有人在家？"

"一般情况下是没有的，除非他们回家有什么事。"

老董问："你认为熊处长或者他的妻子不可能回家有事吗？"

我当时还没有意识到老董问这话的含义，居雁却抬起头，看了老董一眼，停止了记录。

刘焕章犹豫了片刻："也不是这个意思……是不是熊处长说我回家了？"

老董摇摇头："不要乱猜。谈谈你对朱彬这个人的印象。"

刘焕章眼睛看着天花板，想了一下："这人人品没有什么问题。但是搞市场经济他不行，有点自以为是，不够慎重。不过也不能说完全是他的过错，上面也有责任，可以说用人不当，他们过于信任他的能力，对企业内部状况并不了解。1993年，朱彬出国考察，回来以后就热衷于办公司，曾经在美国投资四百万美元办了一个什么贸易公司，是跟一个华裔商人合作，还派了一批人出国，结果是血本无归——这件事以前没有多少人知道，后来也不知怎么捅出来，一下子就闹翻天了！"

老董问："熊处长对这件事有什么看法？"

"这我不知道，不能瞎说。不过他也是机床厂的人，吃机床厂的饭，总归也会心疼的罢？对了，朱彬有一次对我说过，家杰也想去美国，他没同意，因为是他的亲戚，怕人说闲话。他这个人还是比较注意影响。有人说他以权谋私，我认为是没有根据的。"

"你说熊处长也想去美国？"

"我没问过他，不过我想这也不奇怪，这种美差，哪个不想去？"

"那个公司现在还在不在？"

"不知道，反正去的人一个也没回来。可能还在吧。"

传唤到此结束。我把刘焕章送出去，回来见老董还坐在那儿沉思。

居雁说："如果真是他，那就太可怕了。"

"是说熊处长吗？"我认为不太可能，"他既是人保处长，又是朱彬的亲戚，没有什么利害冲突，他干吗要杀他？"

老董问我："你了解他们之间的关系？"

我说，至少朱彬的妻子认为他们关系非常好。

"这说明不了什么问题。"

居雁认为就作案条件来说，的确没有人比他更方便，而且不容易引起别人的怀疑。

老董说："上午在朱彬家里谈到刘焕章时，他竟然担保凶手绝不可能是这幢楼里的人，我当时就想会不会是他。否则他为什么要划出这么一个安全区？一般来说，关系越近，越容易产生利害冲突，就譬如，朱彬让别人出国却不让他出国，他会不会产生怨恨心理？现在企业要垮了，他的家庭也深受其害，这一点他与厂里的其他职工没有什么不同，当然，仅仅是这些也许还不足以构成杀人动机，我们现在所知有限，最重要的是掌握证据。首先要搞清楚当时四楼那两家有没有人；其次，熊家杰当时在哪里？最后是要找到凶器和盗窃物。不过，现在暂时不要惊动他。"

我说："只要问到四楼那两家，就必定会引起他的警觉。"

居雁道："他会想，你为什么偏偏要了解四楼？"

"谁说我只了解四楼？当然是整个单元都要了解。"老董又点燃一支烟，刚抽了两口，突然眼睛一亮，"这事交给他！你现在就给熊家杰打个电话，我来跟他说。"

电话拨通后，居雁把话筒交给老董。老董告诉熊家杰已经跟刘焕章谈过了，请他问一下这个单元的其他人家当时有没有在家，看能否发现新的线索；已经问过的就不必再问了。对方满口答应。

放下电话后，老董得意地笑了："懂吗？这叫一举两得，既不惊动他，又可以试探他。"

我还不明白他的用意："怎么是试探他？"

"自己动脑子想！"转过脸对居雁，"你也想想。"

居雁问："你说的其他人家，是不是包括他自己在内？"

老董指着居雁大笑道："这丫头精！这丫头精！"又指着我，"你个鸟人不行，脑子绕不过来。"

事后我细细地想：假如熊家杰心里没鬼，他是否应该主动说明自己当时在哪里？我觉得也不尽然，这毕竟有点自我表白自我洗刷的意思，显得多此一举。可见这种试探还是浅层次的，说明不了什么问题。不过让他去了解其他人，的确比我们亲自去调查合适，更显得自然。而且可以相信他不会谎报，他用不着说假话，那样只会给他自己增添麻烦。

快到傍晚时，高大队长来问调查有没有什么进展，他每天要向局长汇报。

老董简单地说了沈宽、王振业和马正平等人的情况，却只字不提对熊家杰的怀疑。

高大队长听得直挠头，说："这样查下去恐怕不行，这些人多半流散在社会上，调查难度大，进度慢。就拿目前失踪的这个人来说，你手里还没有任何证据，总不能发通缉令吧？即使找到他，很可能他与这事没有一点关系，时间岂不是白白地浪费了吗？"

老董做出沉思的样子。

高大队长走后，我问老董："为什么不告诉他你怀疑熊家杰？"

"跟他讲管什么用！等会又是请示，又是研究，麻烦着哩！倒不是说老高怎么样，许局长那个鸟人最婆婆妈妈，他一插进来，你就得听他的，他又不比我高明，我干吗要向他汇报？"

"目无领导！"居雁笑指老董道。

4月29日上午八点半左右，熊家杰打来电话，那一刻老董正在上厕所，我叫他等十分钟再打来。

熊家杰说："你是小顾吧？跟你说一样的。昨晚我挨家挨户地问了，只有一楼老赵和二楼胡长礼的母亲在家，他们没听见什么动静；其他几家都没有人在家。而且每个人当时在什么地方，哪些人可以作证，我都记下来了。"

他没有提到他自己。

我说我会转告老董。

"你们调查情况怎么样？"

我告诉他马正平下落不明，比较可疑；王振业基本可以排除，其他没有发现什么。

他说："要不要我派几个人协助调查？你们人太少了。"

我说这样也好，等会跟老董商量了再说。

挂了电话后又过一会，老董推门进来，面带笑意："刚才蹲在厕所里，他娘的突然来了灵感！"

我和居雁都笑了，问什么灵感。

"暂时保密，暂时保密。"

我告诉他刚才熊家杰来过电话。

"哦，怎么说？"

巧 花

"当时四楼肯定没人在家。"

"好!"老董一击掌,很兴奋。然后背着手在屋里走了几个来回,说,"这一次,我要出其不意,先来个打草惊蛇!"

昨天他还说暂时不惊动熊家杰,这刻又反过来了,我们等着听下文,他却不说了,故意卖关子似的,一个劲摇晃着脑袋。

居雁生气了:"对我们也不信任?"

"不是不是,"老董正色道,"绝不是这个意思,怎么说呢?主要是,我这种做法不上路子,跟你们讲不好,你们还是不要再问。"

居雁看看我,我想我明白"不上路子"的含义。

"如果真是他,今天晚上,他可能会有所动作。"老董沉吟道,问我,"能不能在他家附件设个监视点?"

我说:"可以在后面那座楼上找一家。"

"要不就上屋顶。"

居雁说:"借王振业的正三轮用一下怎么样?"

我认为这倒是个好主意,那辆车是有篷的,还比较宽敞,把布帘放下来,外面人看不见里面。只要把车停在便于观察的位置就行。没人会注意。

"行,你早点跟他打招呼,只要用一个晚上。"老董叫我落实以后就回家睡觉,下午他再跟我联系。又吩咐林先德和居雁,"你们也回去,白天没你们的事,下午五点到这里来集中。"

我刚要走,突然想起一件事:"熊家杰电话里问要不要派几个人协助调查,有没有这个必要?"

老董说:"当然有必要!我们就这几个鸟人,哪忙得过来!"

说罢歪着嘴笑,"这事我来跟他联系,你们走吧。"

居雁对我说:"回家也没事,我跟你一起去找王振业。"

骑车去机床厂宿舍的路上,居雁一直在跟我探讨老董的"打草惊蛇",据我估计,他无非是给熊家杰一个明显的暗示,让他知道自己已经受到怀疑,促使他转移盗窃物,然后当场抓获。

"如果他真是凶手,盗窃物还不早就转移了,会放在家里?"

"这也不一定,也许他认为自己目前处境还很安全。"

"如果凶手是你,明知已经怀疑到你了,你还敢转移赃物?"

"对,只有销毁,别舍不得!"居雁故作严肃。

我顺水推舟开起玩笑:"是有点舍不得,总价值八万多哪!"

"那就留一点吧,现金不可以烧,反正钱都是一样的;国库券留多少?两万?三万?行了,别贪心了!进口相机怎么办?毁掉有碎片。我看还是扔了吧!你劲大,站到阳台上去往远处扔,就像扔链球,越远越好!当心别把自己扔出去,啊?"她装得像个真的,说罢咯咯地笑了一气。

我问她:"你认为熊家杰老婆会参与谋杀?"

她说:"我觉得不会。朱彬是她姑父,也算抚养过她;其实怀疑熊家杰理由并不充分,我心里总有点悬,要真是他,这世界就太可怕了!"

我也担心老董这一步如果走的不好,下面就难以收拾。熊家杰毕竟是受党多年教育的干部,思想品质应该是比较可靠的。

居雁说:"老董才不这样想呢!他最瞧不起当官的。说想往上爬的没一个好东西。"

我说:"这种说法也太偏激。确实有些当官的腐败,哪个国家都有,但应该说大多数人还是好的。要是人人都像他,都不想当官,还有国家存在吗?"

王振业正好在楼下修他的"马自达",我向他说明来意,他略

巧　花

显得有点为难，说："一晚上不出车，我损失不小呐！就靠它养家糊口。"

我说："当然会给你钱，你说要多少？"

"给五十块钱怎么样？我这人心不黑。"

"有没有发票？"

"还要发票？"

他从上衣口袋里掏出几张皱巴巴的旧票，有的是长途车票，还有的是中巴车票，凑来凑去不够50元。我说算了，吩咐他到傍晚时把车停在距朱彬家约六十米远的那个路口，把车锁好。其他事不用管。

我在家里睡了个午觉，还做梦，梦中老董叫我跟他去医院，说去看朱彬。原来朱彬没有死。我说只要他能开口说话，这案子就自然破了。那个医院像座迷宫，幽暗、深邃。走廊里没有一个人。走着走着，老董说坏了，我们中计了！问我带没带枪，我没带，他说我们分头跑，说罢竟将我撇下独自跑了。我想不能乱闯，不如我就地隐蔽，推开一扇门，里面竟全是人，有医生，也有护士，都在各忙各的。许局长躺在一张床上。我问他朱彬在哪里？他说已经出院了。他跟他谈过，朱彬承认自己一时想不开，是自杀。我说肯定不对。自杀的哪会敲自己的后脑勺？而且现场没发现自杀的工具。许局长说他要什么工具？把脑袋往墙上撞不是很简单吗？边说边把肚子挺了两下。我觉得很荒唐，怎么会有这种事？一个医生走过来问我是不是来看牙齿的，我说我的牙好好的，干吗要看？他说你把嘴张大让我检查，于是我就把嘴张大；他说再张大一点，说"啊"。我刚"啊"了一声就醒了，这时才两点半。

回想梦中的情景，不禁哑然失笑：真是白日做梦！

老董电话还没来，我顺手拿起枕边的一本星新一的推理小说，边看边等。

推理小说中的探长都有缜密的逻辑思维能力，故事情节并不惊险，动作性不强，但它却充分地表现了人性的复杂，感觉更贴近生活。看这种小说，我经常发现自己的思维过于简单、直接，有点跟不上；当然也觉得作者有些故弄玄虚，搞得云遮雾障，非常神秘，有时看一遍还弄不懂。

我想老董肯定不爱看这类小说，他喜欢武侠，看得津津有味。我曾经问他看没看过柯南·道尔的小说，他问谁是柯南·道尔；我说就是写福尔摩斯探案故事的，他不屑地回答："看过，全是牛皮！"

其实老董就是这种人，他不崇拜英雄，不相信什么"神探"，几乎是蔑视一切，有时甚至把自己也贬得一钱不值。事实是，他经手的案子也有破不了的。破了，他说是"瞎猫逮着死老鼠"；破不了，认为自己不走运。他从来不想把自己装扮成英雄，也没听他说过喜欢刑警这个职业，不过我看得出来他的确喜欢，或者说这个职业对他很合适，他可以自由发挥自己的才能，并从中得到真正的乐趣。除此之外，恐怕没有哪一种职业能使他像现在这样活得自在，活得踏实。

然而这一回，他的行径倒有点像侦探小说中的警长，对手也是近在眼前，较量已经开始了，但愿他的判断没错。

电话铃终于响起来，老董通知我晚上六点半进入预定位置，用步话机联系。他们就在大院外面守候。

外面天已经完全黑了，正三轮摩托的布帘放下来里面有点闷，

巧 花

一股塑料的气味。我心里有点紧张,透过布帘的缝隙,能看见熊家杰的窗口灯亮着。朱彬家的客厅也亮着灯,厨房里有两个人影晃动,似乎是朱彬的妻子和她的女儿,要不就是她的侄女。熊家杰应该已经到家,不知他此刻是一种什么样的心情?

我再次打开步话机跟老董联系,仍旧没有回应,他们还没到。可现在已经是七点十分了,如果没有意外情况发生,他们绝不可能迟到。看来老董的计划有可能流产。

又等了几分钟,步话机里传来老董的声音:"小顾,我们到了,不用再监视,你出来吧。"

看来的确出问题了!

我跳下车,朝宿舍区大门方向走去迎接他们。没走多远就看见我们那辆警车开过来,停在路边。

我走上前问老董:"怎么啦?"

他手一挥:"去他家。"脸色有点阴沉。

林先德和居雁一言不发,从他们眼里,我看出迟疑和担心。

老董在前面走得很快,我们几个匆匆跟在后面。快到楼下的时候,居雁悄悄对我说:"看样子,他准备豁出去了。"

"熊家杰知道我们来吗?"

她点了点头。

熊家杰开着门正在等我们,他的神情很镇定,给我们泡茶。我注意他的手并没有发抖。

老董问:"你妻子和孩子呢?"

"我叫她们去楼下了,女人胆小,让她听见不知会吓成什么样。"说着,他脸上还露出一个苦笑。

老董也笑了一下,问:"你接到电话有什么想法?"

"毫无疑问,这是明显的敲诈。"

"你是几点钟接到电话的?"

熊家杰想了一下:"六点半左右。我刚到家一会儿。"

老董说:"我接到你的寻呼是六点四十五分。"

"对,我考虑了一会儿,我猜想到底是谁,除了敲诈还会不会有其他目的。"他冷笑一声,"敲到我头上来了,这家伙真瞎了眼!"

"你想没想过,他为什么要敲诈你?而不敲诈别人?"老董目光炯炯地逼视着对方。熊家杰惊悸道:"这话什么意思?"

"是不是因为他知道你特别有钱?"

"我听不懂。"

老董微微一笑:"我们假设:你作了案,被他无意中发现了,他可以向我们举报,是不是?但他没有这么做,却来威胁你……"

"不,这种假设不成立。正因为他什么也没看到,或者就是他本人作的案,所以他才不敢举报,他知道这种诬陷是站不住脚的,谁也不会相信我熊家杰会杀朱彬,正如不会相信我杀我的父亲一样的道理。当然,如果我对他有仇恨,我想杀他比谁都方便,但我为什么要杀他呢?他对我够好的了,我凭什么对他下毒手?而且案发的时候我在厂里,处里的同事都能为我作证……"

"谁?"

"每一个人,只要他当时在办公室了。"说到这里,熊家杰突然瞪大眼睛,"老董,敲诈电话该不会是你打的吧?"

老董愣了一下:"我?我敲诈你?你真会开玩笑!"

熊家杰脸上的肌肉抽搐了一下,说:"谁跟你开玩笑?实话告诉你,我在部队里当的就是特种兵,到地方来干了十多年人保工作,谁心里想些什么,都别想瞒得过我的眼睛。恐吓诈骗这一套我也会，别在这里玩！"

老董问："你说我恐吓诈骗，有什么证据？"

"不是你，你为什么派人监视我？"

我心里一惊。

"哪个监视你了？"老董装糊涂。

熊家杰笑着摇了摇头："还非要我戳穿吗？"他走到厨房窗口，指着外面道："那辆正三轮，是谁停在那里的？要不要我们一起去弄个清楚？"

说实话，我从来没遇到过这样尴尬的局面，四个人面面相觑，想不到这个家伙这么鬼。现在我们的处境极其被动，真不知下面该如何收场。

熊家杰显得很得意："算了，老董，收起来吧，我也不跟你计较了。还是大家齐心协力，不要玩噱头，好不好？"

老董说："你得意得太早了，跟我们走一趟吧。"

熊家杰拉下脸："不要滥用权力嘛，你可以怀疑我，但你不能随便拘捕我，你什么证据也没有，我可以起诉！"

老董说："这不是拘捕，是盘查。至于是不是我滥用权力，等以后再说。想起诉也行。走吧。"

熊家杰面色铁青，冷冷地笑着："盘查不得超过24小时吧？"伸手从门后面的挂钩上摘下外套，穿上。想了想，又带上钥匙，说："走罢。"

我心里捏了一把汗：老董真是豁出去了。

我最后出门，正要关灯，老董扯了我一下，贴我耳边低声道："你和小居留在这里，把他老婆叫上来，给我好好地搜一搜。"

我问："带没带搜查证？"

"没有，放心好了，一切责任由我承担。"他使劲捏了一下我肩膀。

我叫住居雁。等老董和林先德押着熊家杰下楼去了，才告诉她老董交给我们的任务。

"是不是有些冒险？我发现熊家杰这个人很厉害。"居雁显得没有信心。

我说现在只有听老董的，凭直觉，我开始相信他的判断没错。问题在于能不能拿到证据。对这种人，审讯不会有任何结果，唯一的可能是从他妻子这里打开缺口。把熊家杰隔离起来是对的，尽管这样做的确有些太鲁莽。但若不这样做，就无法对他进行审查，现在只有背水一战！

居雁默默地点了点头。

来到三楼，我按响朱彬家的门铃。

开门的是朱彬的女儿朱芸芸，她当时就认出我们，问："找我妈？"

"不，找熊处长爱人。"

"你们请进。"朱芸芸转过身去叫，"时茵姐姐，找你。"

时茵从里屋出来，时佩芬跟在后面，气色很不好。

"找我吗？"时茵问。

"对，就找你，我们上去谈好不好？"

时佩芬有点诧异，问："为什么不能在这里谈呢？"

我想事已至此，没必要对她隐瞒，告诉她："熊家杰有重大嫌疑，已经被带走，现在我们要搜查他家。"

我知道这句话在他们听来无异于头顶上炸了个霹雳，那一瞬间，三个女人仿佛变成了三具蜡像，张开嘴，眼珠子都像是黑白分明的玻璃球。

过了几秒钟，时佩芬才说："会不会搞错呀？这是不可能的！"

巧　花

我注意时茵的表情，她的眼睑慢慢地垂下，定定地盯着某一个地方，然后就像眩晕般的身体摇晃了一下，随即稳住神，用极低的声音对我俩说："你们搜吧。"

我在前面走，时茵跟在后面，上楼的时候她显得一点力气都没有，一直手扶着栏杆。居雁上前搀着她。时佩芬母女呆呆地站在自家门口望着我们。

到了楼上，我们没有立刻动手搜查，让时茵在沙发上坐下，问她："这件事，你到底知道不知道？"

女人的脸色苍白，眼里流露着恐惧和绝望，缓缓地摇了摇头。

"你也认为他不可能杀朱彬吗？"

"我不知道，真的，我想都不敢想。太可怕了！"她双手捂脸。

看样子她没有说谎。我对居雁说："我们开始吧。"

搜查持续了一个多小时，可能隐藏东西的地方都搜过了，一无所获。

我们搜查的时候，时佩芬和她的女儿也上来了，默默地坐在时茵身边。当我们决定结束搜查时，时佩芬问我："你们到底根据什么认为他有重大嫌疑？"

我对她说："现在我无权告诉你。但有一点是肯定的，没有足够的依据，我们不会轻易怀疑他的。"

居雁对时茵说："跟他在一起生活了这么多年，对这个人，你应该有所了解。我们希望你好好地想一想，他可能会把盗窃物藏在什么地方？"

我补充道："尽管我们并不认为这个案子跟你有什么关系，但你有责任帮助我们。"

时茵说："如果我能想起什么，会告诉你们，这件事太突然了，现在我的思维整个乱了，脑子里空空的。给我一点时间好不好？"

"可以，但是你一定要抓紧。"我把电话和寻呼号码留给她。

眼看两天过去了，时茵那边没有动静。

我们去机床厂人保处了解过，案发那天上午的确有好几个人见过熊家杰，但时间都说不准，有的说九点多，有的说十一点左右。尽管这并不能证明他没有作案时间（从他家到厂里骑车只要五六分钟），但对我们来说却显然是不利的。他办公室的抽屉和橱柜也检查过了，没找到什么。

我问老董要不要再找时茵谈谈？他说再等一等，催急了反而不好。我明白他的意思。曾听时佩芬说过熊家杰的弟弟在本市旅游局工作，如果他真是凶手，盗窃物藏在他弟弟那儿的可能性比较大，但他弟弟绝不会放在家里，可以断定搜查或传讯都不会有结果，只会更加被动。

到晚上就是48小时了，案情没有任何进展。这两天老董几乎是不停地抽烟，一支接一支。我们都清楚，这已经是盘查的最长时限了，下面怎么办？转刑事拘留？还是放人？

许局长和高大队长找老董谈过，他们认为仅凭刘焕章听见抽水马桶放水的声音就怀疑熊家杰理由不够充分，他说是在四楼和五楼之间听到的，有没有可能声音是从朱彬家里传出来的呢？老董坚持认为不可能，说不相信你们可以试一试。许局长问带回来以后提审过没有？老董承认没有提审，说这家伙很狡猾，审讯对他没有任何作用。

许局长问："那么你还等什么呢？"

"我要求对他进行刑事拘留。"

"这也不是不可以，问题是你下一步准备怎么干？我们想听听你的行动计划。如果你除了关他没有别的办法,我们主张放人。"许局长一向是比较慎重的。

老董扔掉烟头,一脚踏灭,说:"许局长,你要放就放,这个案子我破不了!我不管了。"

许局长并不见气,耐着性子:"这不是赌气的事……"

"谁跟你赌气?你放了他,我就没法再对他进行调查;你要我查,我认为就是他!不会是别人。"

许局长摊开两手道:"可是你总应该有点打算吧?你把他抓来,外面影响有多大,你不会不知道。这对我们也是压力对不对?我并不是说要放他,如果他是凶手,这一抓一放,还不如暂时不惊动他。"

老董瞪着眼:"你是说我不该惊动他?照你的意思该怎么办?"

许局长表情有点不自在:"也不是说我有什么高招,至少你应该跟我们大家商量商量,群策群力,总比你独自行动稳当些吧?"

老董无以对答,又点燃一支烟。

高大队长说话了:"依我看,既然已经走到这一步,有必要给他妻子再做点工作。让小居再去找她谈谈,老董你看行不行?"

老董想了一会儿,点点头。

于是把居雁叫来,吩咐一番,无非是如何让时茵减轻思想负担,要叫她开口。我们都相信她肚子里有隐情,当时她的反应与时佩芬不一样,没有说她丈夫不可能杀人之类的话。可见她对熊家杰的了解远比其他人深。

等居雁出了门,老董又追出去面授机宜。

居雁此行,我们都没有寄予太大的希望,谁也想不到后来她竟带回一个令人振奋的消息。

时茵向居雁表示愿意积极配合,她正在等一个人,这人出差去了，今天晚上才回来。居雁问是不是熊家杰的弟弟？时茵承认是。在这个问题上，她和我们的看法基本一致，说如果被盗钱物真在熊家英那里，只有她来劝说比较妥当。她准备晚上跟他通电话。居雁提出能否让我们在旁边监听录音，时茵犹豫片刻也同意了。

高大队长说也不能太乐观，也许熊家英对此一无所知，熊家杰会不会把赃物藏在某个人们想不到的角落里，或者埋在地下，沉到水里？还有另一种可能也是存在的：即凶手不是他，我们怀疑错了。错了就要承认，要面对现实。

老董坚决不认为自己的判断会错，甚至表示愿意用分队长头衔做担保："错了你们撤我的职！但我绝不同意放他个鸟人！"

"你就这么自信吗？"许局长这会儿心情好多了，说，"行！如果你这一把押对了，我给你申请二等功！"

"无所谓。"老董显得很大度，"那些个东西我看得淡！"

值得庆幸的是老董赢了。

晚上九点多，时茵到分局来打电话给熊家英。在这之前，老董告诉她该说些什么。我把录音机打开，放在电话机旁。

熊家英听说他哥已经被抓起来，当时就沉默了。那几秒钟的寂静，对我们来说意义非凡。我看见老董眼里那闪动的神采。

所有的人都屏住呼吸，静听下文。

"喂，家英你听见没有？"时茵问。

"听见了，为什么事呢？"

旁边有一个女人的声音问出了什么事。

"他把朱彬杀了！"

"你说什么？杀人了！"电话里声音都变了。

巧 花

"他有没有把什么东西放在你那里？"

又是沉默。

"家英，可不要犯糊涂啊！要毁了自己的！"

熊家英终于承认。他说，熊家杰在27号那天下午打电话通知他去厂附近那个公交站，交给他一个尼龙包，说里面的东西是别人放在他这里的，他不想带回家，叫他代为保管。跟任何人都不要说。他当时有点疑惑，以为是熊家杰私吞什么缴获物品。第二天他就出差，今天刚刚到家。

时茵叫他立即把东西送到区分局，一分钟也不要耽误。

熊家英说："今天不是五一劳动节吗？"

老董把头伸过来，对着电话机大声道："我们不休息，等你了。"说罢将电话挂断。

时茵闭上眼，面色如纸。居雁给她倒了杯开水，扶她到里面休息。

时茵告诉居雁，她与熊家杰结婚之前，已被朱彬奸污，这件事熊家杰婚前就知道，表示过去的事就算了，他不计较。其实不然，后来一直是他心里的一块病。此外，朱彬曾答应派他去美国，但一直没兑现，工厂垮了，许诺也成了泡影，这可能就是熊家杰起杀机的主要原因。

二十分钟后，熊家英赶到了，手里攥着一个紫色尼龙包，一再声明里面东西他没有动。打开清点，钱物相符。只是多一根金项链。时茵证明，这是朱芸芸20岁生日时她送给她的礼物。

至此水落石出，人赃俱在，许局长和高大队长都向老董表示祝贺。老董按捺着内心的兴奋，笑道："个鸟鸡巴东西，看他还能再硬！"

高大队长说："干脆一鼓作气，现在就提审。今晚把案子了结。"

当时已经是夜里十点。

熊家杰被带出来依然傲气十足，故作轻松。可是当老董从抽屉里取出那个紫色尼龙包放在桌上时，他知道戏再也演不下去了，承认朱彬是他杀的。但说自己的目的是为民除害，死也无憾。